'진짜 나'를 찾아가는 여행

# 내 마음의 종소리

# 내 마음의 종소리

| | | | |
|---|---|---|---|
| 초판 1쇄 인쇄 | 2014년 12월 05일 | | |
| 초판 1쇄 발행 | 2014년 12월 12일 | | |

| | | | |
|---|---|---|---|
| 지은이 | 김 진 우 | | |
| 펴낸이 | 손 형 국 | | |
| 펴낸곳 | (주)북랩 | | |
| 편집인 | 선일영 | 편집 | 이소현, 김아름, 이탄석 |
| 디자인 | 이현수, 신혜림, 김루리 | 제작 | 박기성, 황동현, 구성우 |
| 마케팅 | 김회란, 이희정 | | |
| 출판등록 | 2004. 12. 1(제2012-000051호) | | |
| 주소 | 서울시 금천구 가산디지털 1로 168, 우림라이온스밸리 B동 B113, 114호 | | |
| 홈페이지 | www.book.co.kr | | |
| 전화번호 | (02)2026-5777 | 팩스 | (02)2026-5747 |

ISBN    979-11-5585-430-3 03810(종이책)  979-11-5585-431-0 05810(전자책)

이 도서의 국립중앙도서관 출판예정도서목록(CIP)은 서지정보유통지원시스템 홈페이지(http://seoji.nl.go.kr)와
국가자료공동목록시스템(http://www.nl.go.kr/kolisnet)에서 이용하실 수 있습니다.
( CIP제어번호 : CIP2014035573 )

'진짜 나'를 찾아가는 여행

# 내 마음의 종소리

김진우 지음

북랩 book Lab

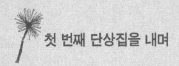

## 첫 번째 단상집을 내며

저의 짧은 글을 통해, 누군가의 마음에 종소리가 울리기를 기원하며 첫 번째 단상집 『내 마음의 종소리』를 여러분에게 올립니다.

이 책은 시집도 아니고, 수필집도 아닙니다. 그냥 저의 짧은 생각을 글로 옮긴 단상(斷想)집입니다. 너무 바삐 돌아가는 우리의 일상에서, 그래도 독자분들이 읽기 편하도록 시의 형식을 빌리긴 하였지만, 저의 짧은 생각이 시도 될 수 없고 수필도 될 수 없을 듯하여 그냥 마음 편하게 단상집이라 이름 지은 것입니다. 그러니 이 책을 읽는 분들도 머리 아프게 '시'다, '아니다'라는 생각하지 마시고, 그냥 편하게 읽으시면서 여러분의 마음에서 종소리가 울리는지에 대해서만 귀 기울여 보시면 어떨까 싶습니다.

또한, 우리의 삶 속에서 희로애락(喜怒哀樂) 일어남의 순서가 없듯이, 저 또한 이 책의 구성 대부분을 제가 글을 쓴 순서대로 그냥 마음 편하게 실었습니다. 그러니 여러분들도 그냥 마음 편하게 읽으시다가, 힘들다 싶으시면 잠시 쉬었다 펼치셔도 되고, 편하다 싶으시면 쭈~욱 읽으셔도 될 듯싶습니다.

이 첫 번째 단상집의 분량에 대해 많은 생각을 해 보았습니다. 처음에는 빨리 여러분에게 다가가고 싶은 마음에 150편의 글로 구성하려고 했었는데, 자꾸 글들이 모이고 여러분에게 최대한 많은 글을 보여드리고 싶은 마음에 250편의 글들을 한 권으로 하려고도 했었습니다. 하지만 분량이 많으면 오히려 여러분 마음에 부담이 될까 싶어, 결국 이렇게 200편의 글로 구성하게 되었습니다.

　참고적으로 이 책은 4부로 구성하였는데, 특별한 의미는 없습니다. 단지 여러분들이 읽으시다가 이 정도에서는 한 번 쉬셨으면 해서 50편씩 나눠 놓은 것입니다.

　혹시라도 이 글을 보시다가 여러분의 마음에 작은 울림이라도 있었다면, 그 글 여백에다 어떤 종소리였는지 기록하시거나, 또는 그림을 그려 가시면서 책을 보시면 여러분의 진짜 마음을 찾아가는 데 훨씬 더 좋을 수도 있을 거란 생각을 해 봅니다.

　우리들의 생각이나 마음은 각기 다릅니다. 그래서 이 책을 보시다 보면 사람마다 종소리가 울리는 지점이 다 다르실 겁니다. 하지만 종소리가 울리면 울릴수록 여러분의 마음 또한 계속 변화될 것입니다. 그래서 그다음에 한 번 더 책을 보시면, 처음 봤을 때 울리지 못했던 종소리가 이번에는 또 다른 글에서 울릴 수도 있습니다. 그러니 200편 모두 종소리가 울릴 때까지 읽고 또 읽고 하시면 좋을 듯싶습니다.

　세상 모든 것은 마음에서 시작되어 마음으로 돌아오는 것 같습니다. 남녀 간의 사랑도 그렇고, 부모 자식 간의 사랑도 그렇고, 종교도 또한 그런 것 같습니다. 또한 우리 마음에 자리 잡지 말아야 할 안 좋은 감정들도 마음에서 시작되어 마음으로 돌아오는 것 같습니다. 그래서 이 책의 내용도 우리들 마음의 종소리를 위해, 우리가 인생을 살아가며 접하고 있는 우리 주변의 모든 내용을 소재로 삼고 있습니다.

　또한 이 책의 200편의 글들이 각기 다 다른 듯하면서도, 모든 글의 태생은 마음이기 때문에 비슷하다는 느낌도 받으실 수도 있겠습니다.

미리 당부 말씀 드리겠습니다. 이 책은 우리 마음을 찾아가는 것에 목적을 두고 있습니다. 하지만 마음으로 들어가기 위해서는 단단한 껍질을 깨야 하는 과정이 필요한데, 간혹 그런 껍질 깨는 글들을 접할 때는 다소 불편한 마음이 드실 수도 있겠습니다. 하지만 그런 과정을 넘어설 때마다 여러분의 진짜 마음에 좀 더 가까이 다가간 것으로 이해하신다면, 그런 불편한 마음을 이겨내시는 데 조금은 도움이 될 수도 있겠습니다.

무엇을 찾고자 하는 마음이 강하면 강할수록 그것을 찾을 가능성이 높아지는 것 같습니다. 그러니 이 책에 대해서도, 여러분들께서 혹시라도 찾고자 하는 그 무엇이 있다면, 이 책을 펼치시기 전에 여러분의 마음이나 생각을 먼저 적어 보시면 도움이 될 수도 있을 듯합니다.

_____

_____

_____

_____

_____

_____

_____

_____

_____

_____

_____

_____

# '진짜 나'를 찾아가는 여행의 과정

사람들마다 여행하는 코스가 다르듯, '진짜 나'를 찾아가는 여행의 과정도 다 다를 수 있겠습니다. 하지만 여러분에게 도움이 될까 싶어서 제가 권하는 과정을 소개해 드립니다. 이 책에 실린 각각의 글들이 다음의 5단계 중에서 어디에 해당하는지 생각하면서 글을 읽으시면, '진짜 나'를 찾아가는 여행이 더욱 즐거울 거라 생각됩니다.

반드시 1단계를 거쳐야 2단계로 가는 것은 아닙니다. 우리 모두의 얼굴이 다르듯, 우리 모두의 마음도 다르고, 각기 여러분의 진짜 자신을 찾아가는 여행의 과정도 다양할 것입니다.

### 1 단 계 '가짜 나' 를 버리는 여정

여러분의 진짜 마음은 항상 평온하고, 항상 행복합니다. 하지만 일상에서 그렇지 않다면, 그것은 진짜 내 마음이 아니기 때문입니다. 여러분이 지금까지 살아오며 겪어야 했던 아픈 상처들과 풀지 못한 나쁜 감정들이, 또한 나 자신을 보호하기 위한 나의 자존심들이 진짜 나를 양파 껍질처럼 겹겹이 덮고 있는 채로, 진짜 나를 저 아래 철옹성에 가둬 버렸기 때문입니다. 그러니 지금의 나는 진짜가 아닌 가짜입니다.

그래서 그 가짜인 나를 양파 껍질 벗기듯, 진짜 내가 나올 때까지 계속해서 벗겨 내야 합니다. 바로 이것이 진짜 나를 찾아가는 여행의 첫 번째 과정인 「가짜 나를 버리는 여정」입니다. 1단계만 넘어서도 여러분은 세상을 새롭게 보게 될 것입니다. 아마 이 책을 껴안고 쓰다듬기를 계속할 수도 있을 것입니다.

## 2 단 계  있는 그대로를 보는 여정

우리는 세상과 관계를 맺으며 살아갑니다. 즉, 세상에는 내 마음이 있고, 상대방 마음도 항상 함께 있습니다. 여기에서 내 마음대로 할 수 있는 것은 오직 내 마음뿐입니다. 상대방의 말과 행동에 대해 절대로 내 마음대로 해석하면 안 됩니다. 세상을 있는 그대로만 보아야 상대가 왜 저런 언행을 하는지 정확히 알 수 있고, 이로 인하여 사태도 악화시키지 않고, 혹시라도 문제가 있다면 이를 바르게 풀 수 있는 여건을 만들어 주기 때문입니다. 우리는 세상을 내 방식대로만 해석해 버리는 경우가 너무도 많은 것 같습니다. 상대는 그 행동이 그 나름대로 이유가 있어서 하는 것입니다. 절대 내 방식에 어긋났다고 해서 그 행동이 잘못된 것은 아닙니다. 오히려 내 생각이 어긋나 있다면, 세상 모두의 행동은 어긋난 것이 되어 버립니다.

이렇게 가짜인 나를 버리고 세상을 있는 그대로 보는 여정을 거친다면, 이제 여러분의 마음에 서서히 평온이 보이게 될 것입니다.

## 3 단 계  세상을 사랑하는 여정

우리의 마음에는 원래 사랑이 있습니다. 그것도 세상 그 모든 것을 사랑하고도 남을 만한 충분한 양의 사랑입니다. 여기에서 가장 중요한 것은, 세상에 대해 내 마음을 열어 놓는 것입니다. 우리는 상대를 알지 못하여, 또는 내 마음이 다칠까 봐 우리의 마음을 닫고 살아갑니다. 만약 내 마음을 열어 놓는다면, 세상은 내 사랑을 마음대로 가져가고, 그들의 사랑을 마음대로 채워 줄 것입니다. 그러는 순간 여러분은 지금까지 살아오며 맛보았을 그 모든 행복과도 바꿀 수 없는 엄청난 행복을 일순간에 맛보게 될 수도 있을 것입니다.

하지만 세상에 마음을 여는 것은 가짜인 내가 없어야 가능한 일입니다. 그러니 3단계로 오기 위해서는 1단계와 2단계가 먼저여야 가능할 것입니다. 하지만, 사람들 중에는 1단계와 2단계가 필요 없는 경우도 있을 것입니다.

### 4 단 계 '진짜 나' 와 노니는 여정

만약 여러분이 4단계까지 여행을 오셨다면, 그것은 여러분이 '진짜 나'를 이미 찾으셨다는 뜻이니, 이제는 그냥 여러분의 '진짜 나'와 노니시면 될 것입니다. 여기에서 4단계를 설명해 놓으면 오히려 이상한 글로 오해받을 수도 있을 것입니다. 그 정도로 4단계의 여정은 황홀하고 경이로움을 만끽하는 여정이기 때문입니다. 정말로 아름다운 세상에 그저 감사해서, 그저 나도 모르는 눈물만 흘리실 수도 있을 것입니다.

### 5 단 계 다시 일상으로 돌아가는 여정

가장 중요한 여정이라 생각됩니다. 모든 단계의 여정을 거치기도 어려웠겠지만, 이 5단계의 여정은 더욱 더 쉽지 않기 때문입니다.

계곡물이 멀고도 험난한 흐름의 여정을 마치고 바다로 흘러들어 가서 그의 여행이 끝이 나면 좋으련만, 다시 구름이 되고 빗물이 되어 계곡물로 돌아와 그 과정을 반복해야 하는데, 더욱 괴로운 것은 그 반복에 끝이 없다는 것입니다. 바로 우리의 삶도 이런 물의 흐름과 닮아 있어서, 한 번 이겨냈다고 끝나는 것이 아니라, 나를 힘들게 하고 괴롭게 하는 것들이 끊임없이 또다시 나에게 다가옵니다. 이런 연유로 이 5단계의 여정은 쉽지 않습니다. 또한 일상은 나 혼자 내 마음만 살피면 되는 것이 아니라, 상대의 마음까지도 소중함을 알고 살펴야 하기 때문에 더욱 힘이 들 수 있습니다.

그러니 나를 버리고, 세상을 있는 그대로 볼 줄 알고, 세상을 사랑하고, 진짜 나와 만나는 여행을 했다 하더라도, 일상의 삶을 지내는 그 과정에서 다시 나에게 또 다른 고통들이 끊임없이 쌓이려고 합니다. 여기에서 내 안에 그것들이 다시 쌓이는 순간, 진짜 나는 다시 저 아래 갇히게 되고, 나는 또 가짜 내가 진짜 나인 것처럼 나를 이끌게 됩니다.

이렇게 진짜 나를 찾고도 다시 또 갈등을 겪게 되니, 이 과정이 더욱 마음 아플 것이고, 간혹 자신의 현재 상태가 헷갈릴 수도 있을 것입니다. 하지만 이제는 방법을 알았기 때문에, 또는 한번 가 보았던 여행길이기에, 정신만 바짝 차리고 내 마음이 소중하듯 상대방 마음도 소중함을 안다면, 손쉽게 진짜 나를 일상의 고단함에서 지켜낼 수 있을 것으로 믿습니다.

　또한 이렇게 진짜 내 마음을 찾는 여행이 끊임없이 반복될수록, 물이 구름이 되어 하늘로 올라갔다가 다시는 땅으로 내려오지 않고 저 하늘 어딘가의 멋진 곳에서 영원히 머무를 수도 있는 것처럼, 혹시 여러분도 그런 미지의 단계(6단계)로 넘어갈 수도 있는 일입니다.

# 차 례

첫 번째 단상집을 내며 • 4
'진짜 나'를 찾아가는 여행의 과정 • 7
내 마음 들여다보기 • 19

# 1부

사랑의 씨앗 • 22
멍하니 뭐 해? • 23
물은 그저 흐를 뿐이다 • 24
꾸밈없는 개그맨들 • 25
미처 몰랐습니다 • 26
등나무 운동장 • 27
당신은 지금 무엇을 보며 살고 있나요? • 28
억울함마저도 내 탓이어야 하는 이유 • 30
꼬치 마차의 행복 • 32
새벽 2시의 울림 • 33
뽀뽀가 줄어든 원인 • 34
월야月夜의 흥 • 35
아빠 엉덩이 때리는 아들 • 40
인생의 끄트머리에 가서야 • 42
진짜 바보 • 43
거지 같은 놈 • 44
그 사람과의 대화 • 45
발걸음 소리 • 46
어느 날 갑자기 혼자가 되다 • 47

한 조각구름이 되어 • 48

거울의 생명력 • 49

어머니의 뒷모습 • 50

내사랑 • 51

행복을 채워 주는 사랑의 힘 • 52

아름답고 소중한 글과 말씀들 • 53

드라마만 재미있어요 • 54

식물이 식물인 것은 • 55

종교인의 자세 • 56

인생의 질주 • 57

너 자신을 알라 • 58

위대한 예술가들 • 60

웃음 묘약妙藥 • 61

똑똑! 깨어나세요 • 62

잔잔한 호수 • 63

나의 유일한 유언 • 64

쉽게 잊어버리고 사는 다짐들 • 66

주위의 인정이 바로 나 • 68

내 마음의 청정수淸淨水 • 69

이미 평온하고 행복한 사람들 • 70

개미와 베짱이의 주제 • 72

나무를 보지 말고 산을 보라 • 74

술 한 잔에 담긴 가치 • 75

하루를 여는 기도 • 76

이 손 놓지 말아요 • 77

멀리서 직접 찾아오신 귀인貴人 • 78

뿌리는 하나 줄기는 두 개인 나무 • 80

정신 넋 빠진 놈 • 82

기적은 반드시 일어난다 • 83

태초太初의 빛 • 84

만년설의 해빙 • 85

# 2부

아름다운 사람은 내가 아닌 너 • 88

내 곁을 그냥 스쳐 지나가신 그분들 • 89

네 안에서 만들어지는 세상 • 90

행복의 봉우리를 오르는 마차 • 92

수많은 인생의 지침서 • 94

급박急迫한 나 자신에게 • 96

행복의 크기 알아보기 • 98

천연염색 • 100

아들아, 잘 봐 둬라 • 101

황지黃池연못 • 102

아빠 상대해 보는 자식 • 104

품 안에 끼우고 키운 자식 • 105

웃음 만복래萬福來 • 106

엎드린 자의 소중함 • 107

가족의 중심 • 108

손쉽게 되는 것은 없다 • 109

고단한 삶과의 전투 • 110

태권도장의 자전거는 걱정 없어요 • 112

행복의 호수로 가는 열차 • 113

돈을 모으는 사람들의 행복 • 114

열 배 오래 산 인생 • 115

민심民心이 곧 천심天心 • 116

화禍의 스펀지 • 118

1차선의 느린 차들 • 119

상대방은 당신의 참모습을 다 알고 있어요 • 120

새벽 숲 속의 새소리 • 121

아름다운 얼굴의 기준 • 122

손등의 작은 솜털 하나 • 123

나뭇잎 동동 • 124

내 뜻과 다르게 펼쳐지는 세상 • 126

하염없이 쏟아 낸 눈물 • 127

웃기게 돌아가는 세상 • 128

노랫말 없는 클래식 • 129

우물 안 개구리 • 130

불혹不惑에 얼굴이 만들어지다 • 132

자고로 이루었으면 버려야 한다 • 134

남루한 대표이사의 생활 • 136

거울에 비친 나에게 하는 말 • 137

두려움을 만드는 세 가지 근원 • 138

담 넘기는 쉽되 도와주기는 어렵다 • 140

천하의 소리꾼 • 142

일 처리는 머리로, 사람 사이는 마음으로 • 143

비상 급유給油 • 144

통쾌한 웃음소리 • 146

그들만의 황홀경 • 147

슈바이처와 이태석 신부님 • 148

개미와의 싸움도 네가 이긴 것이 아니다 • 149

결혼 전에 풀어라 • 150

어서 와서 받아가세요 • 153

이기적利己的인 사랑 • 154

# 3부

아이들 말이 귀찮아요 • 158

허전함의 발악發惡 • 159

지행합일知行合一 • 160

이기적利己的과 이타적利他的 • 162

항상 허전한 우리 • 163

누구나 다 젊음에 끌린다 • 164

물건을 밀다가 걸리면 • 166

살인사건의 원인 • 168

한 걸음을 떼도 • 170

컴퓨터 팬(fan) 소리 • 172

나의 못남을 즐겨라 • 174

늙음이 주는 교훈 • 176

덧없는 인생 • 178

항상 젊게 살자 • 179

벌서는 선생님 • 180

산을 오르듯 • 183

쳇바퀴 도는 일상 • 184

올레길과 둘레길 • 186

내 자식의 부족함 • 188

인생길에 계속 피워지는 꽃 • 190

내 뜻대로 안 되는 자식 • 192

대머리 선생님 • 193

초등학교 2학년 국어 교과서 • 194

개미는 먹이를 한꺼번에 옮기지 않는다 • 196

앞차의 윙크 • 197

사랑한다면 끝까지 곁에 머물러 주세요 • 198

내 얼굴만 내 얼굴이 아니다 • 201

아이들의 모든 것이 정답 • 202

이런 사람 찾아보세요 • 204

아이들의 묵은 마음 • 205

철옹성 • 206

코스모스와의 눈 맞음 • 207

큰 지식 • 208

저 들판에 누워 • 210

바보들의 웃음 • 212

누가 시킨 적이 있나요? • 213

내가 가장 좋아하는 낱말 • 214

말이 없는 아이 • 215

쉿! • 216

천기누설天機漏泄 • 217

큰소리치는 대학교수 침 박사 • 218

평온의 씨앗 • 220

침묵의 가르침 • 222

언제쯤 맑은 눈을 가질 수 있을까요? • 223

그냥 있는 그대로만 봐 주면 어떨까요? • 224

강인한 생명력이여! • 226

책과 자존심 • 227

무엇이 두렵겠는가? • 228

영혼을 바친 예술가들 • 229

두통약 • 230

# 4부

꽃을 보고 무엇을 느끼는가? • 234

나를 버리고 나를 얻다 • 236

사과와 용서 • 237

겸손한 아이 • 238

고통을 즐겨라 • 240

능력과 욕심 그리고 인정 • 243

새가 날다 • 244

코스모스 황홀경恍惚境 • 245

명도名刀 • 246

아랫목 이불 속의 밥 한 그릇 • 247

내 팔 위의 모기 • 251

평온과 행복을 누리다 • 252

뱀 앞으로 기어가는 아기 • 253

사랑하고 사랑하고 또 사랑하라 • 254

고통의 굴레 • 256

내가 기다리는 임 • 257

엉킨 실타래 싹둑 • 258

내가 해야 할 일 • 259

네가 직접 걸어가라 • 260

마을 정자亭子에 들러 • 261

더는 바랄 게 없어 • 263

자연의 소리 • 264

사랑은 따지지 않습니다 • 265

관통貫通 • 266

똥파리와의 전쟁 • 267

백 명의 사람과 백 번의 웃음 • 270

어설픈 공부의 위험성 • 271

예의범절禮儀凡節 • 272

나에게 주어진 권한 • 274

백 사람의 이야기보따리 • 275

의사가 의사인 이유 • 276

물 위를 떠가는 종이배 • 278

신비한 눈의 구조 • 280

닫힌 마음 안쪽의 대바늘 • 282

미안함은 사랑의 완성 • 284

하루를 마치는 기도 • 286

푸는 데까지는 풀어야지 • 287

살 떨리는 이야기 • 288

펜(Pen)과의 약속 • 290

종교와 마음 • 291

그곳에서 그분이 말씀하신 한 가지 • 292

금강산 만물상萬物相 • 294

세상 모든 사람이 '갑' • 295

유쾌한 농담 • 296

빈틈 • 298

낙엽은 나를 위해 떨어지지 않는다 • 300

무조건 열심히 한 것이 최고 • 302

혹시 제 소리 들리시나요? • 304

빨리 서두르세요 • 305

첩첩산중疊疊山中 • 306


내 마음 들여다보기 • 311

# 부록

쌓이는 고통과 풀리는 고통 • 314

그냥 스쳐 지나가는 우리 • 316

저 깊은 곳에 있는 마음 • 319

화를 다스리는 세 가지 지혜 • 321

산해진미山海珍味의 최고봉 • 327


색인 • 329

# ♥🔍내 마음 들여다보기

● 책을 읽기 전과 후의 내 마음을 들여다보고, 이 책을 읽으며 내 마음이 어떻게 움직이는지를 살펴보세요.

**질 문 1** 현재 나는 행복한가요? ( 예 / 아니오 )

**질 문 2** 현재 나의 행복 점수는 몇 점 정도일까요? (          점)

**질 문 3** 현재 나는 평온한가요? ( 예 / 아니오 )

**질 문 4** 현재 나의 평온한 상태를 나타내는 말들을 적어보세요.
     (예) 불안하다, 초조하다, 긴장감이 있다, 호수처럼 잔잔하다 등등

**그   림** 현재 나의 마음 상태를 그림으로 표현해 보세요.

1부

# 사랑의 씨앗

그 먼 옛날
우리가 이 땅에 살기 시작했을 때부터
우리의 마음에는
사랑의 씨앗이 심어져 있었습니다.

하지만
그 사랑의 씨앗은 나 자신을 위한 것이 아니었습니다.
다른 사람을 사랑하기 위한 것이었습니다.

하지만
그 사랑의 씨앗은 다른 사람을 사랑하면 사랑할수록
나 자신이 점점 행복해지는 신비의 씨앗이었습니다.

그래서 지금도
우리 자신은
나의 행복을 위해
나도 모르는 태초의 본능의 힘에 이끌려
다른 사람을 사랑하기 위해 끊임없이 노력하고 있습니다.

그리고
그 사랑의 씨앗은 분명히 말하고 있습니다.
다른 사람을 사랑한다는 것은
내 마음에 온전히 다른 사람만을 위해 준다는 마음만으로
가득 차 있는 상태를 뜻한다고.

# 멍하니 뭐 해?

선생님 지금 뭐 보세요?
식사하는 도중에
멍하니 창밖을 바라보고 있는
선생님께 학생들이 다그친다.

아빠 지금 뭐 하세요?
자전거 페달을 구르다 말고
멍하니 먼 들판만 보며 달리고 있는
아빠에게 자식들이 다그친다.

여보 지금 뭐 하세요?
빨래 널다 말고
멍하니 먼 산을 바라보고 있는
신랑에게 아내가 다그친다.

하지만
그 선생님은
그 아빠는
그 신랑은
그들이 멍하게 있다고 생각하는 그 순간에도
수만 가지의 행복한 생각들이
고요의 바다에 넘실대는 것을 함께 느끼며
덩실덩실 춤을 추고 있었는지도 모를 일이다.

# 물은 그저 흐를 뿐이다

물은 그저 흐를 뿐입니다.
하지만 혹시라도 여러분은
흐르는 물에 무슨 특별한 아름다움이 있다고 느껴지십니까?
또는 흐르는 물에서 무슨 특별한 인생의 교훈을 얻고 싶으십니까?
또는 흐르는 물에 무슨 특별한 큰 의미가 있는 것처럼 보이십니까?

하지만 흐르는 물에는
아무것도 없습니다.
물은 그저 흐를 뿐입니다.

그리고 여기에
이를 어지럽게 여기고 있는
여러분의 마음이 있을 뿐입니다.

그러니
있는 그대로만 봐 주세요.

그리고
있는 그대로만 볼 수 있는 여러분의 마음이 있어야 합니다.

물은 그저 물이고, 물은 그저 흐를 뿐입니다.
그리고 나중에서야
물은 그저 물이고, 물은 그저 흐를 뿐임을 아신 연후에야
그때야 물에서 수만 가지의 의미를 건져 올리실 수 있습니다.

# 꾸밈없는 개그맨들

개그 프로그램을 보면서 많이 웃습니다.
마음이 즐겁습니다.

그것은 그곳에
꾸밈없는 개그맨들이 있어서일 겁니다.

코흘리개 분장
짝짝이 양말에 검정 고무신 신고
치아에 검은색 칠하고
바보 흉내, 거지 흉내, 동물 흉내 등등.
그들은 맡은 분장 역할에 대해
숨김없이 있는 그대로를 보여 줍니다.

하지만 나는 오늘도 많은 것을 꾸미고 있습니다.
옷으로 나를 꾸미고
화장으로 나를 꾸미고
머리 맵시로 나를 꾸미고
때로는 칼과 바늘로 나를 꾸밉니다.

그래서
나는 멋지다는 소리를 듣습니다.

하지만 모든 꾸밈을 풀어내고 나면
왠지 모르게 허전함이 밀려듭니다.

# 미처 몰랐습니다

나는 당신을 위해
내 온몸을 불사르며
당신 앞에 앞장서서
세상의 그 어떤 고난도
이겨내며 살아왔습니다.

하지만
미처 몰랐습니다.

진정 당신을 사랑한다면
당신이 앞장설 수 있도록
당신 뒤에서 묵묵히
당신의 그림자가 되어
당신의 버팀목이 되어 주고
당신의 그루터기가 되어 줘야 한다는 것을.

# 등나무 운동장

해마다 여름이면
반딧불이 잔치가 열리는 전라북도 무주
그곳에는 등나무 운동장이 있다.

몇 억 년의 세월이 빚어낸 고운 흙 위에
비록 인간의 필요에 의해 운동장을 올렸지만
그래도 자연과 하나가 되고 싶은 마음에
관람석 계단 위의 지붕은 등나무로 얹혔고
여름에는 시원한 그늘과 함께
매미까지 함께 응원에 동참하고 있으니
맨땅 위에 오히려 숲이 조성된 것이다.

고운 흙에 대한 미안한 마음에
운동장을 다시 자연에 되돌려 주려는
장인의 고운 자연의 혼이
그지없이 아름다울 따름이다.

또한, 등나무 지지 기둥마저도
등나무 굵기로 하여
기둥 또한 등나무가 되었으니
장인의 자연을 위한 섬세한 배려에도
존경을 표하고 싶다.
한평생 아름다운 예술혼을 불태우시고
이제는 본인도 한 줌 고운 흙의 자연으로 다시 돌아가서
등나무 뿌리와 함께 영원히 숨 쉬고 계실
등나무 운동장 건축가님께 이 글을 바칩니다.

# 당신은 지금 무엇을 보며 살고 있나요?

밤 12시
공동묘지 옆에서
살포시 미소 지으며
고개 흔드는 꽃잎을 본 적 있나요?

이른 새벽
전봇대를 감싸고 있는
여러분의 음식물 잔해들을
정성스레 담아 가시는
아름다운 손길을 본 적 있나요?

휴일 오후
휴게소 식당에서
여러분이 사용하고 던져 놓고 갔던
그 휴지들을 치우고 계신 분이
우리들의 어머니였다는 사실을 본 적 있나요?

당신은 지금 무엇을 보며 살고 있나요?

혹시 내가 보고 싶은 것만 보면서 살고 있지는 않나요?
혹시 내가 듣고 싶은 말만 들으면서 살고 있지는 않나요?
혹시 내가 가고 싶은 곳만 가면서 살고 있지는 않나요?

하지만 세상은
우리가 볼 수도 없고, 들을 수도 없고, 가 볼 수도 없는 세상 사람들의 수만 가지의 마음으로 만들어지는 것 같습니다.
그러니
내가 보고, 듣고, 가 본 것은
세상의 아주 작은 부분일 수밖에 없습니다.

# 억울함마저도 내 탓이어야 하는 이유

우리가 인생을 살면서 겪게 되는
나를 힘들게 하는 수많은 화火 중에서
어떤 사건에 대해 내 잘못이 전혀 없는데도
그 사건이 나의 잘못으로 여겨질 때 생겨나는
그 사건에 대한 억울한 감정
바로 그 억울한 감정에 의해 생기는 마음의 화가
우리를 힘들게 하는 화 중에서 으뜸일 것으로 생각됩니다.

하지만
그 억울함마저도
내 탓에 의한 것임을 알아야 합니다.
아니 내 탓이라 여겨야 합니다.
아니 내 탓이라고 여겨야만 합니다.

그것은
그래야만
화의 굴레를 끊을 수 있기 때문입니다.

나의 잘못이 추호도 없는데도
나의 잘못이 되어 버린
그 억울함을
내 탓으로 여기지 못한다면
그 화는 다시 남에게 발산되고
발산된 화는 다시 나에게 더 큰 화로 되돌아오게 되고,
그 결과 내 마음에 큰 돌덩이와 같은 고통과

또 다른 무서운 화를 끊임없이 쌓이게 하기 때문입니다.

이는 곧 나의 몸과 나의 마음
그리고 나의 인생까지도 망가뜨릴 수 있는
화의 굴레를 만들어 낼 수도 있습니다.

이러니
내 잘못이 추호도 없는 억울함마저도
내 탓이어야 하는 것이
나의 삶을 지키는 인생의 지혜인데
나를 힘들게 하는 작은 다른 화들도
당연히 내 탓이어야
내가 온전히 내 인생을 살 수 있을 것입니다.

# 꼬치 마차의 행복

길을 걸어가다
맛있는 냄새에 이끌려
꼬치 마차에 발이 머뭅니다.

앞으로 남은 길
걸어가는 동안
꼬치를 먹으면
얼마나 맛있을까
벌써 침이 고입니다.

드디어 꼬치를 건네받고
돈을 건넵니다.

이제 기다렸던 한 입 베어 물고
환상의 미각 세계에 빠져들며
세상 그 어떤 것에도 관심이 사라집니다.

하지만 제가 모르는 사이에
또 한 사람, 바로 꼬치 마차 아주머니도 행복에 빠져들고 있었습니다.

꼬치 마차 아주머니는
제가 다가옴을 느끼며 설레었고
제가 건넨 돈을 돈 통에 넣으며 행복해했었고
제가 맛있게 한 입 베어 물며 떠나는 것을 보시고 뿌듯해하시며
저로 인하여 그렇게 행복을 느끼고 계셨었습니다.

# 새벽 2시의 울림

요즘 너무 힘들다.

장가간 아들놈이 새벽 2시만 되면 전화를 한다.

처음에는 무슨 걱정이 있는지 물었다.

하지만 아들은 아무 말 없이 그냥 끊어 버린다.

벌써 이 생활이 몇 년째이다.

이제 더는 참을 수가 없다.


그래서 오늘 새벽에는 단단히 벼르고 있다가
큰소리로 아들에게 따지고 물었다.

그랬더니 아들은 낮게 깔린 작은 음성으로 한마디 한다.

"왜?
 저를?
 매일같이?
 과연 무엇을 위해?
 새벽 2시까지 학원으로만 내몰았나요?"

# 뽀뽀가 줄어든 원인

딸아 사랑해!
아빠 뽀뽀!

자기야 사랑해!
신랑 뽀뽀!

이상하다.
딸의 뽀뽀가 줄어든다.
아내의 뽀뽀에 진함이 약해진다.

이내 분함과 억울함이 싹튼다.
내 딸을 위해, 내 아내를 위해
얼마나 고생하며 살고 있는데…….

그러더니 드디어
어느 날부터인가
내 딸도, 내 아내도, 나와의 뽀뽀가 없어졌다.
나의 말 못 하는 아픔은 점점 극에 달한다.

그러던 어느 날
딸이 한마디 한다.

'아빠! 아빠 입에서 담배 냄새 너무 심해!'

이 모든 원인이 나였구나!

# 월야月夜의 흥

깊고 깊은 산중
어느 작은 시골 마을
50대 이장님이 가장 막내이고
나이 드신 할머니 할아버지들의
20여 세대가 전부인 마을

그래도
금강의 발원지가 시작되고
푸른 산들로 둘러싸여 있어서
맑은 물의 대명사인
쉬리와 수달도 함께 마을을 형성하고 있는 곳.

이렇게 조용하고 아늑한 산중 시골 마을에
물 좋고 산 좋다는 기운을 느끼고
어느 때부터인가 귀농인들이 모여들어
그곳의 어느 한 할머니 말씀대로
지금은 다섯 놈이나 들어와 자리 잡았다고 한다.

바로 그곳에서
농림축산식품부에서 선정한 이달의 농촌축제인
'월야의 흥' 축제가
시월의 화창한 어느 날 밤 달이 뜨는 날에 펼쳐졌다.
외지인들이 방문하였고
지인들도 모여들었고
마을 사람들도 모두 하나가 되어 분주하게 움직였다.

마을 공터에는 천막이 세워졌고
높은 마을 길에는 자연스레 무대가 설치되었다.
마을 가운데를 흐르는 소박한 도랑가에는
빈 막걸리병 안에 작은 초들을 넣은
그럴싸한 샹들리에 촛불 길이 연출되었고
각 가정에서 내놓은 수십 년 전의 흑백 사진들은
다이내믹한 역사 갤러리 장을 방불케 했다.

마을 한쪽의 음식 장만은 파릇파릇한 새내기 할머니들이 맡았고
천막 안의 음식 시중과 배달은 걸음걸이 속도가 느려, 자연스레 여유로움
을 선사하는 고참 할머니 할아버지들이 맡으셨다.
무대 위의 마이크는 그래도 노래깨나 하셨던 목청 좋은 마을 아저씨의 담
당이었고
저녁 하늘을 휘영청 수놓은 소원 등 날리기 행사는 어렸을 적에 불장난
좀 쳤었던 개구쟁이 아저씨가 진행하셨다.

그리고 전체적인 모든 행사의 아이디어와 큰 틀의 준비는
귀농한 다섯 놈 중의 한 명이자
전통주 빚기에 푸~욱 빠져 사는, 우리 술 빚기 달인이 맡았다.

그는 흐르고 흐르는 물 따라 인생을 살다 보니
금강의 맑은 물이 흐르는 이곳까지 왔다고 한다.
그리고 그는 음식의 고장 전주에서, 한 명인에게 전통주 빚는 비법을 전수
받았고
지금은 이곳에서 끊임없이 전통주 빚는 과정을 연구하면서
때로는 저변 확대를 위해 관심 있는 분들을 모시고 그분들과 함께 그 기
술을 나누고 있다고 한다.

그러니 항상 마을에 활기가 넘친다.

그로 인해 외지인들의 방문도 잦고

그는 또 전통주를 잘 빚으면 마을 정자에서 동네 어르신들과도 맛을 나누고

그는 또 다양한 마을 수익 사업을 만들고, 거기에서 발생한 수익금으로
모든 마을 분들이 전국 방방곡곡을 여행할 수 있도록 흥을 불어넣는다고
한다.

그놈 하나 때문에

마을이 하나가 됐고

마을 어르신들도 다시 청춘이 됐고

그 마을에 정겨움과 활기가 넘치게 됐고

이제는 모든 마을 분들이 월야의 흥까지 아는 경지에 이르게 된 것이다.

천고마비의 화창한 가을 하늘의 어느 날

우연찮은 기회로 인해 그 마을을 가게 됐는데

별 볼 일 없어 보였던 시골 마을 축제장에서

그렇게 귀인貴人을 만나게 되어

집에 돌아와 이 글을 쓰고 있는 지금도 월야의 흥 때문에 가슴이 두근거
린다.

그것은,

자연을 알고

전통을 알고

공경을 알고

나눔을 알고

예술을 알고

인간의 흥을 아는

그 귀인과 그곳에서 난생처음으로 만나 이야기 나누며

그 귀인은 물을 따라 살며 강 하류로 흘러내려 간 것이 아니라

오히려 거꾸로 금강의 발원지인 이곳 전라북도 장수까지 올라왔으니

그대의 호를 '연어'라고 불러야겠다며

반가움의 악수를 놓지 않고

시커먼 중년 남성 두 명이 그렇게 짧지만 긴 정을 나누었기 때문이다.


그리고 그는 월야의 흥에서 월야에 대해 말한다.

월야月夜, 즉, 달밤이다.

달밤에서야 우리는 여유를 느낀다고 한다.

여유는 곧, 우리의 모든 마음을 열어놓는다는 의미라고 한다.


월야가 이렇게 큰 의미를 품고 있었다.

월야는 단순한 그냥 달밤이 아니었다.

월야는 세상 모든 사람에게 여유를 주었고

월야는 세상 모든 사람의 마음까지 열어 주었던 거였다.


그래서 그는 마을 축제의 이름을 월야의 흥이라고 했다고 한다.

즉, 달밤 아래에서, 우리 마음을 모두 열고, 서로가 하나 되는 축제를 꿈꾸었다고 한다.


오늘 월야, 즉, 달밤이 나에게 새롭게 다가온다.

달밤은 뜨거웠던 낮과는 다르게

항상 열심히 살아가야만 하는 낮과는 다르게

우리에게 여유를 주고, 마음을 열게 하는 그런 힘이 있다는 사실을 배우게 됐다.


그리고 그가 만든 전통주의 맛이 진했다.

막걸리와는 다르게, 소주와는 다르게
뭔가 끈끈하면서도 진한 맛,
애절하면서도 뭔가 달라붙는 맛,
그런 진한 인생의 맛과 멋을
그가 월야 아래에서 빚어냈기에
그런 맛이 나오는가 보다.

# 아빠 엉덩이 때리는 아들

집에서 생활하다 보면
중학교 1학년인 아들이
나도 모르게 어느새 내 뒤에 다가와
자신의 양손으로
찰싹 내 양쪽 엉덩이를 때리고는 한다.

그래서 뒤돌아보면
아들이 흐뭇한 표정으로 웃고 있는 것이 보인다.

그래서 아들에게
아빠 엉덩이 때리는 이유를 물었다.
그랬더니 '그냥'이라고만 답한다.

그냥이라는 말의 뜻은 뭘까?
여러 번 생각해 보았지만
더 이상의 뜻은 생각나질 않아
그 이유 찾는 것을 그냥 포기했다.

하지만 이것만은 분명해 보인다.
아들이 아빠 엉덩이를 아무런 부담 없이 때릴 정도로
아들이 아빠를 엄청 편하게 생각하고 있다는 점이다.
나는 부자지간에 이렇게 편한 관계가 좋다.

그것은
아들이 언제든지, 무슨 내용이든지 마음 편하게
아빠에게 부담 없이 자기 마음을 얘기할 수 있고
그렇게 되면
아들은 가벼운 마음으로 인생을 살아갈 수 있기 때문이다.

# 인생의 끄트머리에 가서야

저 사람은 정말 못생겼습니다.
그래서 못생겼다고 무시했는데,
그래도 그 사람은 웃고 있습니다.

저 사람은 표현도 잘 못합니다.
그래서 답답하다 무시했는데,
그래도 그 사람은 웃고 있습니다.

저 사람은 남들 앞에 서지도 못합니다.
그래서 못났다 무시했는데,
그래도 그 사람은 웃고 있습니다.

저는 얼굴도 잘생겼습니다.
저는 사람들에게 표현도 잘합니다.
저는 사람들 앞에도 자신 있게 잘 섭니다.

근데
정말 이상합니다.
저는 웃고 있지 않습니다.

또한
웃고 있지 않다는 것을
인생의 끄트머리에 가서야
알게 되었습니다.

# 진짜 바보

길을 가다
내 옆을
거지 행색의
남루한 한 사람이
바보처럼 스쳐 지나갑니다.

'어휴, 냄새!'
좀 씻고 다니지
나이 먹고 저게 뭐야?

그러게
'나'처럼
부모님 말씀 잘 듣고
선생님 말씀도 잘 듣고
공부 열심히 했어야지.

그런데 그날 저녁 뉴스에
요 며칠
백성의 고단한 삶을 살피기 위해
어진 임금님께서
미복微服 차림으로
암행暗行을 다니고 계신다는 내용이 흘러나왔다.
혹시 그럼,
낮에 본 그 바보가 어진 임금님이셨다면
그를 몰라본 내가 진짜 바보가 되는 걸까?

# 거지 같은 놈

오랜 친구들과
이렇게 가끔 만나
얼굴도 보고 식사도 하며
즐거운 시간을 가진다.

그런데 언젠가부터
한때는 떵떵거렸던 한 친구가
자꾸 비굴하게 나온다.

그깟 식사비도 한 번도 내려 하지 않고
자꾸 돈이 급하다며 푼돈을 빌리려고 한다.

거지 같은 놈
돈 있으면 뭐해
저렇게 비굴하게 사는 것을.
'나'처럼 큰돈은 없어도
예의 바르고 당당하게 살아야지.

하지만 나중에 알고 보니
그 친구는 불치병에 걸려
자신이 평생 모은 큰 재산을 누군가에게 물려주고 싶어
아름다운 사람을 찾으려고 일부러 거지가 된 것이라고 한다.
아깝다.
좋은 기회였는데…….
그럼 나는 앞으로도 계속 거지처럼 살아야 하나?

# 그 사람과의 대화

그 사람은 다가와
아무런 스스럼없이
나에게 먼저 말을 건넵니다.

그리고 그 사람과
말을 섞고 있으면
나도 모르게 편안해집니다.

그리고 그 사람의
말을 듣고 있으면
나도 모르게 웃고 있습니다.

그리고 그 사람과
말을 마치고 나면
내 마음에 큰 울림이 다가옵니다.

그 사람은
일부러 이야기하지도 않았고
일부러 웃기지도 않았고
그 어떤 것도 강요하지 않았습니다.

그냥
그 사람과의 대화는
어떻게 흘렀는지도 모르는 물처럼
그저 편안합니다.

# 발걸음 소리

발걸음 소리가 들립니다.
반가운 사람의 발소리입니다.

하지만
그 사람의
발걸음은 가벼워
소리가 크지 않습니다.

그래도
내 마음에는
큰 소리로 울려 퍼집니다.

# 어느 날 갑자기 혼자가 되다

어느 날 갑자기
혼자가 되었습니다.

철없던 반평생은
부모님이 계셔
가끔 통닭과 삼겹살도 먹으며
인생의 꿈을 꾸며 살 수 있었습니다.

철들어 가던 반평생은
배우자가 있어
가슴 설레어 가정도 이루고
인생의 회로애락喜怒哀樂도 함께 나누며
흰머리도 겁먹지 않고 받아들이며 살 수 있었습니다.

그러던 어느 날
눈을 떠 보니
갑자기 혼자가 되었습니다.

하늘은 공허하고
산해진미山海珍味도 무미건조하고
멋진 여행도 쓸쓸함이 앞섰습니다.
그리고 이제는
어두운 방 안에 홀로 누워
베갯잇 적시는 눈물을 삼키며
자꾸 삶의 끝자락만을 만지작거립니다.

# 한 조각구름이 되어

화창한 휴일 오후
한적한 곳
나무 그늘에 누워
맑은 하늘을 올려다본다.

푸른 하늘을 배경으로
하얀 구름이 유유히 떠다닌다.

어느새
나도 모르게
내 마음
한 조각구름이 되어
하늘을 떠다니고 있다.

# 거울의 생명력

거울아 거울아
이 세상에서 누가 제일 예쁘지?
매일 아침 거울에 말을 겁니다.

하지만 거울은 말이 없습니다.
거울은 그래서 생명력이 깁니다.

만약
거울이 나의 질문에 답을 하였다면,

집에 있는 거울도
휴대전화기의 거울도
가방 안의 거울도
책상 위의 거울도
자동차의 거울도

하물며 내 모습이 조금이라도 비치는
창문의 유리도
상품 전시장의 유리도

그리고 내 모습이 반영된
상대방의 맑은 눈동자마저도

내 손아귀에
모조리 생명력을 잃어버렸을 겁니다.

# 어머니의 뒷모습

옛날 옛날 아주 먼 옛날
하지만 그렇게 멀지 않은 옛날

우리 어머니들은
자식 잘되라고
달 표면의 울퉁불퉁함마저도 다 보이는
환하고 환한 새벽 보름달 바라보며
밤새 땅 기운을 받아 시원해진
소박한 우물물 한 그릇에 의지하여
하염없이 빌고 또 빌었다.

그래서 달님의 덕인지, 우물물의 덕인지는 몰라도
아무튼 내가 이렇게 아무 탈 없이 살고 있고
아무튼 내가 이렇게 하루 세끼 밥은 먹고 있다.
또한, 넉넉하진 않지만, 가정도 꾸렸고
가끔은 한 번씩 가족여행도 가며 살고 있다.

하지만 이제 알 것 같다.

내가 이 정도 사는 것은
하늘의 보름달도 아니고
땅 아래 정화수井華水도 아니고,
그저 묵묵히 나를 믿어 주고
잘 되기를 빌어 준
기도하는 어머니의 뒷모습이었다는 것을.

# 내사랑

눈물 나는 사랑
가슴 저미는 사랑
설레는 사랑
뜨거운 사랑
그리고 영원한 사랑

정말 아름다운 사랑의 표현들입니다.
정말 가슴 저미는 사랑의 표현들입니다.
근데 저는 이 모든 표현의 사랑들을 직접 경험해 봤습니다.
또한, 지금도 계속 경험하고 있습니다.

그것은
지울 수 없는 상처를 안겨 주고
지울 수 없는 고통을 안겨 주었는데도
그 수많은 상처와 고통을
묵묵히 자기의 가슴에 묻어 두고
지금까지 제 옆에 쉼 없이 있어준
제 사랑이 있었기 때문입니다.

제 오래된 휴대전화기의 단축번호 1번에 기억된
'내사랑'이라는 별칭으로 불리는
바로 제 아내가 그 사랑의 주인공입니다.

그리고 저는 '내사랑'의 존재로 인해
이렇게 다시 태어나고 있습니다.

# 행복을 채워 주는 사랑의 힘

사랑의 힘은
상대에게 내 마음을 내어주게 한다.

사랑의 힘은
상대의 아픔을 보듬어 주게 한다.

사랑의 힘은
상대를 끊임없이 기다려 주게 한다.

사랑의 힘은
상대의 핀잔도 끊임없이 들어주게 한다.

사랑의 힘은
상대를 위해 내 몸이 대신 아파하게 만든다.

사랑의 힘은
나의 하루 24시간 모두를 상대만 생각하게 한다.

그래도
이 중에서
가장 위대한
사랑의 힘은
이렇게 내 모든 것을 내어주었는데도
오히려 내 온 마음을 행복함으로 가득 채워 주는 힘이다.

# 아름답고 소중한 글과 말씀들

이 세상에
내가 의지 삼아
따르고 싶은
아름답고 소중한 글과 말씀들이 많이 있는 것 같아요.

그래서
그 글과 말씀 따라 열심히 살고 있어요.

이렇게
열심히 살고 있는데
내가 잘살고 있는 거겠죠?

근데
그거 하나는 궁금해요.

내 마음이 왜 이렇게 허전한 건지?
또 비만 오면 슬퍼지고, 가을 잎이 떨어지면 왜 이렇게 쓸쓸해지는 건지?

도무지
알 수가 없네요.

좋은 글과 말씀 따라 살았는데도
이렇게 허전하고 쓸쓸함이 느껴질 때는
과연, 어떤 글과 말씀들을 따라야 할까요?

# 드라마만 재미있어요

드라마는 정말 재미있어요.
그리고 드라마 속 등장인물들은 다 바보 같아요.

바보들!
나는 다 알고 있는데,
왜 저 일이 저렇게 벌어지고 있는지?

바보들!
나는 다 알고 있는데,
누가 범인이고 누가 억울한 당사자인지를?

내가 모든 것을 다 알면서 보고 있으니
드라마가 정말 재미있어요.
세상 사람들이 막장 드라마라
깎아내려도 상관없어요.
내가 알고 보는 드라마가 얼마나 재미있는데요.

하지만
내가 왜 살고 있는지
그리고 내가 어디로 가고 있는지는
도저히 알 수가 없네요.
그래서인지 드라마 이외의 그 어떤 것들도
아무런 재미도 없고, 관심도 없네요.

도대체 왜, 나는 드라마만 좋아하며 살고 있는 걸까요?

# 식물이 식물인 것은

한 식물이 이렇게 얘기하고 있네요.

햇빛을 받고 있으니, 정말 좋아요.
땅속의 영양분을 받고 있으니, 정말 좋아요.
가끔 바람의 시원함도 느끼니, 더는 부러울 게 없네요.

하지만
그 식물은
자신 때문에
더 자라지 못하고
자신의 그늘 속에서
메말라 죽어 버린
자기 바로 옆의 식물은
전혀 알지 못합니다.

그래서
식물은 그냥 식물일 뿐입니다.

하지만 우리는
내가 조금 손해 보더라도
옆 사람도 따뜻한 마음으로 생각해 줄 줄 아는
식물이 아닌 인간입니다.

## 종교인의 자세

신이시여!
저는 당신의 위대함을 압니다.
저는 당신의 거룩함을 압니다.
그래서 저는 당신을 믿고 따르겠습니다.

그래서
더 이상은 무릎 꿇고 빌지 않겠습니다.
더 이상은 당신 품 안에서만 머물지 않겠습니다.

나도 당신처럼
헐벗고 굶주린 자에게로 나아가
손을 내밀고 내 품을 내어주겠습니다.

나도 당신처럼
오해하고 질투한 자들에게까지
뺨을 내밀고 내 몸을 내어주겠습니다.

그리고 난 연후에야
당신에게 돌아와
당신의 넉넉한 품 안에 안겨 달라
그제야 무릎 꿇고 두 손 모으겠습니다.

## 인생의 질주

우리는 끊임없이 내달리고 있습니다.

어제도 내달렸고 오늘도 내달립니다.
그리고 내일도 내달릴 것입니다.

근데 우리는
어디로 가는지나 알고 내달리는 것일까요?
왜 가는지나 알고 내달리는 것일까요?

아마 가만히 생각해 보면
우리 마음에는 그 목적지와 그 이유가 있을 것입니다.

하지만 우리는 바쁜 일상 속에서
또는 그 답을 모르기 때문에
그냥 그것에 대해 생각하지 않고, 그냥 내달립니다.

이것은 마치
망망대해에서 목적지나 아무런 이유도 없이
그냥 물 위에만 떠 있어야 하는 길 잃은 배나 마찬가지입니다.

저는 그래서 노력합니다.
목적지나 이유를 항상 생각하면서 질주하려고.

그리고 제가 내달리는 목적지와 그 이유는
마음의 평온과 행복입니다.

# 너 자신을 알라

너 자신을 알라!
철학자 소크라테스의 말이다.
과연 우리는 나 자신을 얼마나 알고 있을까?

다음은 그냥 제 개인적인 생각으로 나눠 놓은 것이기에
너무 단계에 유념하지 마시고
자신의 상태를 돌아본다는 의미로 살펴보세요.

1단계
나는 내 외모를 알고 있다.
그래서 나는 내 외모에 집중한다.

2단계
나는 내 능력을 알고 있다.
그래서 나는 내 능력 계발에 집중한다.

3단계
나는 내 꿈을 알고 있다.
그래서 나는 내 인생의 목표 달성을 위해 최선을 다하고 있다.

4단계
나는 이제 인생의 가치를 따지고 있다.
그래서 나는 내 인생의 가치를 어디에 둘지를 고민하고 있다.

5단계

나는 이제 내 인생의 과거와 현재, 미래의 흐름을 보고 있다.

그래서 나는 내 마음을 찾고 있다.

6단계

드디어 내 마음을 찾았다. 그리고 내가 누구인지 나를 알게 되었다.

나는 부족함이 너무나도 많았던 사람이었고, 겸손이 전혀 없었던 사람이었다.

# 위대한 예술가들

단지 흘러가는 물을 보고
어쩜 저리도 아름다운 음악을 만들어 내는 걸까요?

단지 나무들로 뒤덮인 산을 보고
어쩜 저리도 멋스러운 그림을 그려 내는 걸까요?

단지 서민들의 애달픈 삶을 보고
어쩜 저리도 한스러운 소리를 토해 내는 걸까요?

정말로
예술가들은 위대한 것 같습니다.

과연
우리에게는
어떤 위대한 능력들이 있을까요?

하지만
저는
저의 위대한 능력을 찾지 않습니다.
저는 저에게 위대한 능력이 없다는 것을 알기 때문이죠.

그리고 저는
있는 그대로의 저의 부족함을 인정하면서
대신 위대한 예술가들의 음악과 미술에 감사하며
살며시 살아가고 있습니다.

# 웃음 묘약 妙藥

이 글 읽는 이에게 명약 하나 드릴게요.
초등학교 2학년 수학책에 보면
숫자 떼어 세기와 관련된 내용이 나옵니다.

문제는 다음과 같습니다.
'9991부터 시작해서 9999까지 1씩 떼어 세기 해 보세요.'

자, 그럼 여러분도 직접 해 보실까요?
이 문제를 푸는 것이 바로 명약입니다.
명약의 효과를 위해서는 시간 재기가 필요합니다.
휴대폰의 스톱워치 기능을 이용하시면 편할 듯합니다.

자, 그럼 각자 시작해 보세요.
단, 숫자 발음이 틀리면, 처음부터 다시 해야 해요.
그리고 숫자를 보고 하는 것이 아니라, 반드시 외우면서 해야 합니다.
(9991, 9992, 9993, 9994, 9995, 9996, 9997, 9998, 9999)

제 개인 기록은
3번 연습해서
9초 나왔답니다.
하다 보면
마음이 편안해지고
자기 얼굴에 웃음꽃이 피어난답니다.
그리고 제 기록을 깨신 분은
제가 감축드리옵니다.

## 똑똑! 깨어나세요

우리 마음에는
무한한 능력이 있습니다.

이제 당신 마음의 무한한 능력을 깨울 시각입니다.

똑똑!
인제 그만 깨어나세요.

그리고
오늘 하루
당신의 능력을 보여 주세요.

# 잔잔한 호수

새가 와서 놀고 가도
돌멩이 하나 빠져들어도
바람 불어 물살이 잠깐 출렁이어도
넓은 호수는 이내 잔잔합니다.

근데, 왜?
내 마음은 파도가 일까요?

누가 조금만 나를 멀리해도
나를 무시하는 것 같아
내 마음에 파도가 출렁입니다.

누가 조금만 나와 함께하지 않아도
내가 무시당하는 것 같아
내 마음에 파도가 출렁입니다.

누가 조금만 나의 부족함을 지적해도
내 자존심을 송두리째 뽑아내는 것 같아
내 마음에 해일이 일어납니다.

어렸을 적
그 어떤 것에도 흔들리지 않고
마냥 즐겁고 행복했던
그 잔잔한 호수는 어디로 갔을까요?

# 나의 유일한 유언

눈 감기 전
가족들 모아 놓고
마지막 유언을 남깁니다.

재산 얘기는 하지 않겠습니다.
이미 살아생전 방향을 정해 놨으니까요.

다만
사랑하는 가족을 위해
이 한마디만은 남기고 싶습니다.

"너 자신이 얼마나 부족한지를 알아라!"

그 연유는 다음과 같습니다.

나의 부족함을 알아야, 상대의 훌륭함이 보이고
나의 부족함을 알아야, 상대에 대해 겸손해지고
나의 부족함을 알아야, 상대에 대한 감사가 나오니까요.

또한, 이 때문에,
나의 부족함을 기꺼이 받아 준, 배우자와 가족에 대해 감사하고
나의 부족함을 기꺼이 받아 준, 직장에 대해 감사하고
나의 부족함을 기꺼이 받아 준, 세상에 대해 감사하니까요.

더 나아가,
보잘것없는 나를 위해, 매일 공기를 만들어 준 나무에 감사하고
보잘것없는 나를 위해, 매일 밝음을 선사해 준 햇빛에 감사하고
보잘것없는 나를 위해, 매일 노래해 주는 새들에게 감사하니까요.

또한, 이렇게 내 부족함을 알아야, 세상이 제대로 보이니까요.

# 쉽게 잊어버리고 사는 다짐들

어렸을 적에는
이다음에 크면 부모님께 효도한다고
다짐을 여러 번 하였습니다.

아프고 난 다음에는
병이 완쾌되면 내 몸 관리 잘해야겠다고
다짐을 여러 번 하였습니다.

교통 위반 과태료를 받고 나면
다음부터는 교통 규칙 잘 지키며 안전운전 해야겠다고
다짐을 여러 번 하였습니다.

부부싸움을 하고 난 후, 마음이 불편할 때면
화해하고부터는 절대 싸우지 않겠다고
다짐을 여러 번 하였습니다.

학창시절에 성적에 관해 부모님께 꾸중 들을 때면
커서 내 자식들에게는 성적 가지고는 절대 잔소리 하지 않겠다고
다짐을 여러 번 하였습니다.

남을 위해 봉사하고 기부하는 아름다운 모습을 볼 때면
나도 조금이라도 가진 것이 있다면, 꼭 나누고 살겠다고
다짐을 여러 번 하였습니다.

그러고 보니
쉽게 잊고 사는 다짐들 속에
진정 내 인생을 아름답게 해 주는 것들이 많아 보이네요.

# 주위의 인정이 바로 나

우리는 모두
우리 스스로 우리 자신이
못났다고 생각하는 사람은
결코 단 한 사람도 없습니다.

하지만
그야말로 그것은
그 사람 혼자만의 생각입니다.

내가 아무리 똑똑하다고 여겨도
주위에서 인정하지 않으면
나는 똑똑한 사람이 아닙니다.

내가 아무리 예쁘다고 여겨도
주위에서 인정하지 않으면
나는 예쁜 사람이 아닙니다.

내가 아무리 겸손하다고 여겨도
주위에서 인정하지 않으면
나는 겸손한 사람이 아닙니다.
내가 아무리 도움을 많이 준다고 여겨도
주위에서 인정하지 않으면
나는 도움을 준 것이 아닙니다.
여러분은 과연
주위에서 어떤 말을 듣고 있습니까?

# 내 마음의 청정수 淸淨水

맑고 맑은 자연이 숨 쉬는 그때는
들길에 흐르는 냇물에 멱을 감았고
산길에 흐르는 계곡물에 목을 축였습니다.

하지만
지금은
절대로
냇물에 들어가지 않습니다.
계곡물을 마시지 않습니다.

내 몸은 소중하니까요.

그래서
우리 집에는 정수기가 있고
밖에서는 물을 사 먹지요.

하지만
지금도 알 수 없습니다.

내 마음을 적셔 줄
청정수 淸淨水는 어디에 있는지?

# 이미 평온하고 행복한 사람들

사람들 중에는
이미 평온하고 행복하게 사는 분들이 있습니다.

그들은 아마도
좋은 가정환경에서 자라났을 것이고

그들은 아마도
현재도 좋은 가정환경에서 지내고 있을 것입니다.

그래서 그들은 아마도
그렇게 큰 근심 걱정 없이 자라났을 것이고

그래서 그들은 아마도
현재도 그렇게 큰 근심 걱정 없이 지내고 있을 것입니다.

그러니 그들은
이미 평온하고 행복합니다.

하지만 그들도
이 평온과 행복을 유지하기 위해서는
한 가지가 더 필요합니다.

그것은
자신들이 평온과 행복을 누리며 살 수 있도록 해 준
그 모든 것에 감사하는 태도를 지니는 것입니다.

감사하는 태도는
우리에게 겸손을 싹트게 합니다.
그러면 그들의 평온과 행복은 계속 유지될 것입니다.

하지만
자신들의 평온과 행복을 당연시한다면
그때부터는 그들 마음에 자만을 싹트게 합니다.
그러면 그들의 평온과 행복은 언젠가는 깨어질 것입니다.

# 개미와 베짱이의 주제

우리가 자주 접했던 동화 중에
개미와 베짱이가 있습니다.

거기에서 다루었던 주제는
주로 개미처럼 열심히 일해야 한다는 정도였습니다.
이것은 먹고살기 힘들었던
우리의 보릿고개 시절의 현실과 겹쳐집니다.

그리고 가끔 그 이야기의 주제가
조금은 우스갯거리로 바뀐 경우가 잠깐 있었는데
너무 일만 열심히 하면 인생이 재미없으니
베짱이처럼 좀 놀 줄 알아야 한다는 식의 정도였습니다.
이것은 아마도 보릿고개를 넘기고
어느 정도 먹고사는 문제가 해결되는 시점에
나오지 않았나 추측해 봅니다.

하지만 우주를 다니고 있는 이 시기에 저는 다른 주제를 떠올려 봅니다.
바로 개미의 숭고한 사랑인 용서와 관련된 주제입니다.

　개미는 자신이 열심히 일하는 동안, 옆에서 놀고 즐기기만 하는 베짱이를 보았습니다. 일반적으로 우리는 누구는 일하고 누구는 놀 때, 기분이 강도 높게 상하는 경험들이 있을 것입니다.
　하지만 개미는 그것도 모자라, 그렇게 고생하며 일하는 자신을 헐뜯고 우습게 보았던, 바로 그 베짱이에게 자신의 땀의 대가이자 겨울 식량으로 쓰여야 할 것을 함께 나누자며 기꺼이 기쁜 마음으로 내어 줍니다.

과연 개미의 사랑은 어디까지일까요?

그리고 이제는 우리가
바로 이 개미의 숭고한 사랑인 용서와
더 나아가 베풂을 생각해 봐야 할 때라고 여겨집니다.

# 나무를 보지 말고 산을 보라

가끔 사용되는 좋은 말 중에
나무를 보지 말고 산을 보라는 표현이 있습니다.

아마도 그 뜻에 담긴 의미는
크게 보라는 뜻이 아닐까 생각해 봅니다.

하지만
저는 이렇게도 생각해 봅니다.

나무를 보든, 산을 보든 구분 짓지 마라.
나무를 보고 싶으면 나무를 보고
산을 보고 싶으면 산을 보면 된다.

그것은
나무가 없는 산은 산이 될 수 없고
산 없는 나무는 산을 이룰 수 없기 때문입니다.

또한
나무를 잘 보는 사람은 나중에 큰 산을 볼 수도 있고
큰 산을 잘 보는 사람은 나중에 나무도 잘 볼 수 있기 때문입니다.

그러니
관심도 없는 곳에 헛된 목표 세우지 말고
내 마음 가는 곳을 의지 삼아 열심히 살다 보면
결국은 나무도 보고 산도 볼 수 있을 것이기 때문입니다.

# 술 한 잔에 담긴 가치

우리네 문화 중에는
귀한 손님 오시면
정성으로 차린 맛깔스러운 음식에
아끼고 아껴 놓았던
귀한 술 한 잔 정도
마음을 담아 내어주는 따스함이 있습니다.

그 따스한 술 한 잔의 가치는
과연 어느 정도일까요?

국민대표 술이라 할 수 있는
일반 소주가 보통 1,200원이라 생각할 때
그 소주의 한 잔 가치는
한 병당 7잔 기준으로 치면 대략 180원 정도 됩니다.
또한, 아무리 비싼 수입 양주라 치더라도
한 잔의 가격이 순금 한 덩어리의 가치는 넘지 못할 것입니다.

하지만 저는 귀한 손님에게 내어준 술 한 잔의 가치는
가격으로도 매길 수도 없고
금덩이와도 바꿀 수도 없다고 생각합니다.

그것은 귀한 술 한 잔에
그것을 내어주는 사람의
온 마음이 담겨 있기 때문입니다.

# 하루를 여는 기도

오늘 하루를 시작하며
사람들을 사랑할 수 있는 또 하루를 주심에
감사드립니다.

오늘 하루를 시작하며
내가 다른 사람을 사랑하고 있다는 사실을 알게 해 주심에
감사드립니다.

오늘 하루를 시작하며
어제 제가 부족했던 사람에게 다시 또 다가갈 기회를 주심에
감사드립니다.

또한
저의 작은 사랑을 펼칠 길을 열어 주신
당신의 끝없는 크신 사랑에 감사드립니다.

또한
아름다운 자연을 주심에 감사드립니다.

# 이 손 놓지 말아요

아주 먼 곳에서 당신을 보아 왔습니다.
당신이 세상에 나올 때도 보고 있었고
당신이 지금 숨 쉬고 있는 것도 보고 있습니다.

그리고 당신의 숨결이 느껴집니다.
그리고 당신의 아픔이 제 마음을 아프게 합니다.
그리고 이제 당신에게 손을 내밉니다.

멀고 먼 길을 돌아
이제야 당신 곁에 섰습니다.
그리고 다시는 잡은 손 놓지 않겠습니다.

성난 물결 파도 위에서
가냘픈 조각배에 몸을 싣고
이제는 혼자 떠나지 않으셔도 됩니다.

이생에 못 한 사랑
이생에 못 한 인연 때문에
더는 슬퍼하지 않으셔도 됩니다.
아직도 걸어가야 할 이생의 길이 억만 겁으로 남아 있기 때문입니다.

이제 제가 당신의 눈물 닦아 주겠습니다.
평생 저를 위해 노래 불러 주셨던 당신은 이제
저 멀리서 한평생을 지켜보고 함께 호흡했었던
제 손만 잡으시면 됩니다.

# 멀리서 직접 찾아오신 귀인貴人

어느 날 홀연히
멀고 먼 곳에서
귀인이 직접 찾아오셨습니다.

하지만
서로는 단 한 번도 만나 본 적도 없고
서로는 단 한 번도 말을 섞어 본 적도 없습니다.
당연히 서로는 모르는 사이죠.

근데
그분이 홀연히 제 앞에 나타난 것입니다.

그리고 서로는 말없이
따뜻한 손을 잡습니다.

그리고 그분은
제 글을 보고 그냥 오고 싶었다고
아무래도
자기를 부르는 것 같아 오고 싶었다고
여기까지 온 연유를
그렇게 한마디 하는 것이 전부입니다.

그리고 그들 사이에는
정갈한 차 한 잔이 놓이고
비록 시간도 짧고 내용도 짧았지만

서로의 한평생을 함께 되짚는 듯한 기나긴 여정을 함께 나눕니다.

그리고 그분은
한결 가벼워진 발걸음으로
다시 그의 자리로 홀연히 떠나갑니다.

# 뿌리는 하나 줄기는 두 개인 나무

뿌리는 하나요
줄기는 두 개인 나무가 있습니다.

그럼 과연 이 나무는 하나인가요, 두 개인가요?

이런 질문은 가끔 우리를 생각하게 합니다.
또한, 이런 질문은 가끔 마음의 깊이를 묻기 위해 쓰이기도 합니다.

여러분은 과연 어떻게 생각하시나요?
또한, 어떤 답을 내놓으시겠습니까?

우선 아래를 보지 마시고
여러분의 답을 먼저 찾아보세요.

…….

저는 이렇게 답하겠습니다.
"뭘 그리 따지시나요?
 하나로 느껴지면 하나요,
 둘로 느껴지면 둘 아닐까요?"

또한, 혹시라도 그 누군가가
저에게 이런 질문을 하였다면
저는 답변 대신
그냥 그분을

반갑게 안아드리겠습니다.

그것은 그분이 왜 그런 질문을 하는지 그분의 마음을 알기 때문입니다.

참고적으로
저희 집 아이들 중
초등학교 3학년 아이는
뿌리가 나무의 심장 역할을 하니, 나무는 하나라고 답했고
중학교 1학년 아이는
나무의 시작은 뿌리이기 때문에, 나무는 하나라고 답했습니다.

# 정신 넋 빠진 놈

우리가 생활하면서
가끔 한 번씩은 들어봤을 말 중에
정신 넋 빠진 놈이라는 표현이 있습니다.

근데 그 정신 넋 빠진 놈이라 불렸던
사람의 모습을 떠올려 보면
정말 아무 생각 없이 멍한 느낌입니다.

그것은 반신불수인 상태로 병원에만 누워 있는 환자보다도 더 멍한 상태
아무 생각이 없어 보이는 바보 멍청이보다도 더 멍한 상태
순간 날아오는 야구공에 머리를 맞아 잠깐 동공이 풀려 버린 사람보다 더
멍한 상태
아마 이 세 가지를 다 합한 것보다도 더 멍한 상태가 정신 넋 빠진 상태가
아닐까 하고 생각해 봅니다.

설마 여러분은
정신 넋 빠진 사람은 아니겠죠?

그럼 한번 찾아보세요.
자기의 정신과 넋은 지금 어디에 있는지를?

# 기적은 반드시 일어난다

기적은 반드시 일어납니다.
단지 요행만을 의지한 채
실천하지 않기 때문에
기적이 멀리 있는 것입니다.

그러니
기적을 바란다면
우선 실천에 옮기세요.
그러면 반드시 기적은 일어납니다.

또한, 이런 사실을 믿는 사람에게는
반드시 기적은 일어나게 되어 있습니다.

단지 그 기적이 일어나는 데 필요한
정성과 시간을 들여야 합니다.

만약 여러분이
첫 삽을 뜨기 시작하고
정성과 시간을 쏟는다면
그리고 반드시 해낼 수 있다는 믿음이 있다면
거대한 산도 옮길 수 있는 기적은 반드시 일어납니다.

# 태초太初의 빛

눈을 감아 보세요.
뭐가 보이나요?

그리고 어제를 떠올려 보세요.
뭐가 보이나요?

그리고 이제는 그제를 떠올려 보세요.
그리고 이제는 일주일 전을 떠올려 보세요.
그리고 이제는 한 달 전을 떠올려 보세요.
그리고 이제는 일 년 전을 떠올려 보세요.
그리고 이제는 십 년 전을 떠올려 보세요.

그리고 이제는 여러분이 아기였을 때를 떠올려 보세요.
그리고 이제는 여러분이 세상에 나올 때를 떠올려 보세요.

그리고 이제는 자궁에서
두 개의 씨앗이 만나
하나의 큰 빛으로 만들어져
여러분이 드디어 하나의 생명이 된 그때를 생각해 보세요.

그리고 그 빛을 느껴 보세요.
그리고 이제는 그 빛을 찾아보세요.
그 빛은 오직 단 하나를 위해 만들어졌습니다.
바로 내가 아닌 이 세상을 사랑하기 위해서입니다.

# 만년설의 해빙

북극
남극
히말라야

이런 말을 들었을 때
가장 먼저 떠오르는 것은
얼음들, 만년설들 그런 것들입니다.
그리고 절대 녹지 않을 것 같은 그런 느낌들도 있습니다.

하지만 이제
그렇게 영원히 그대로일 것 같았던 얼음과 만년설이 녹고 있습니다.

과연 우리가 사는
이 아름다운 지구에 어떤 일이 벌어질지 두려움까지 생깁니다.

하지만 한편으로
저는 만년설의 해빙을 보며
살며시 희망을 품어 봅니다.

우리네 삶을 힘들게 하는
만년보다도 더 깊은 세월 동안 굳어져 버린
우리네 닫힌 마음들도
충분히 녹아내릴 수 있다는 희망을.

2부

# 아름다운 사람은 내가 아닌 너

당신은 왜 저만 보면 웃나요?
그냥 당신이 좋아서요.

당신은 왜 저를 자주 도와주나요?
그냥 당신에게 도움이 필요해 보여서요.

당신은 왜 저를 이해해 줬나요?
그냥 당신 상황이 이해가 되니까요.

그럼 당신은 왜 모든 사람에게 다가가나요?
그러게요, 그냥 저는 모든 사람이 좋은걸요.

그럼 당신은 왜 세상 모든 일에 불평불만이 없나요?
그러게요, 그냥 저는 일이 잘못되면 제 탓으로 알고 있는 걸요.

아하, 그렇군요!

내가 멋지고 매력적인 것이 아니었네요.
당신이 멋지고 아름다운 사람이었네요.

# 내 곁을 그냥 스쳐 지나가신 그분들

정말 나만 모른다.
내 곁을 그냥 스쳐 지나가신 그분들에 대해.

오히려 그분들은 다 알고 계셨다.
그냥 스쳐 지나가셨지만
잠깐 스친 나에 대해서.

우리는 우리가 알고 있는 만큼만 볼 수 있다.
그 넓은 바다에서도 어디에 고기가 많이 있을지를, 몇십 년의 고기잡이 베
테랑 어부는 바닷속에 직접 들어가지 않고도 알 수 있지만, 일반인들은
그 어디에 고기가 있을지 거의 모르는 것처럼.

이와 마찬가지로
내가 어떤 마음으로 살고 있는지
나도 모르는 내 마음을
그분들은 이미 알고 있었다.

하지만
내가 내 마음을 그분에게 열어 주지 않을 거라는 것을 이미 아시고
그분들은 그냥 지나쳐 가셨다.

하지만
그분들을 나는 하찮게 흘려보냈지만
그분들은 닫힌 마음으로 고달프게 사는 나를 위해
나 대신 마음 아파하며 지나가셨다.

# 네 안에서 만들어지는 세상

네가 나를 사랑하는 것은
내가 아름다운 것이 아니라
네 안에 아름다움이 있어서이다.

네가 나에게 화내는 것은
내가 잘못해서가 아니라
네 안에 화가 있어서이다.

네가 나를 용서하는 것은
내가 기회 받을 자격이 있는 것이 아니라
네 안에 너그러움이 있어서이다.

네가 나에게 자꾸 짜증을 내는 것은
내가 너를 못살게 군 것이 아니라
네 안에 답답함이 있어서이다.

네가 나에게 노래를 불러 주는 것은
내가 로맨틱한 사람이기보다는
네 안에 사랑의 로맨틱함이 있어서이다.

결국, 너에게 있어서 나는
내가 직접 나를 만든 것이 아니고
네가 네 안에서 나를 만든 것이다.

이와 마찬가지로 또한

너에게 있어서 너의 모든 세상도
결국은 네 안에서 네가 직접 만들어 놓은 것이다.

그러니
내가 살고 있는 내 세상도
결국은 내 안에서 내가 직접 만들어 놓은 것이다.

그러니 또한,
내 세상이 내 마음에 안 든다고
결코 남 탓할 일이 아니다.

# 행복의 봉우리를 오르는 마차

우리는 우리 인생의 행복을 만나기 위해, 행복의 봉우리를 오릅니다. 하지만 그곳에 가는 길은 험난하고, 아주 높은 곳에 있어서 도착하려면 오랜 시간이 소요됩니다.

그래서 나름대로 열심히 생활하여 돈을 좀 모아 마차를 샀습니다. 이제 남들보다는 좀 더 일찍 도착할 거라 확신합니다.

하지만 마차를 타고 가도 비포장에다 꼬부랑 길 때문에, 절대로 만만치가 않습니다. 그래서 함께 가는 가족들에게 조금만 참으라고 합니다. 참고 기다리면, 조만간에 행복의 봉우리에 도착할 거라 위로도 하면서.

그래도 다행입니다. 가족들이 참아 준 덕에, 또한 내가 피가 나도록 노력한 끝에, 인생의 황혼기에 드디어 우리 가족은 행복의 봉우리에 도착하였습니다.

근데 이상합니다. 내 아내는 병이 생겼고, 내 아이들은 뭔가 모를 갈증을 호소합니다.

더욱 기가 막힐 노릇은, 한평생을 달려온 바로 그곳 행복의 봉우리에서, 정작 행복이 보이질 않는 것입니다. 그래서 그곳 정상에 있던 안내판을 자세히 읽어 보았습니다. 그리고 그 안내판에는 다음과 같이 적혀 있었습니다.

【이곳 행복의 봉우리는 올라와서 찾아지는 것이 아니다. 이곳을 오는 동안 행복한 나날을 보낸 만큼 쌓여서 만들어지는 것이다. 그러니 이곳에

와서 행복을 찾지 못한 이들은, 다시 저 산 아래 처음으로 내려가서 다시 출발하여야 한다. 그리고 매일 행복을 느끼면서 그 날들을 쌓도록 해라. 그러면 이곳 행복의 봉우리를 찾을 수 있을 것이다.

　하지만 너희가 이곳에 한 번 왔던 노고를 생각하여, 행복의 봉우리를 빨리 쌓을 수 있는 한 가지 방편을 일러주겠다. 그것은 절대 마차 타고 빨리 달릴수록 행복 쌓기는 더욱 어렵다는 점이다. 그냥 가족 손잡고 웃으면서 한 걸음 한 걸음 오르면 더 많은 행복의 봉우리를 쌓을 수 있을 것이다. 】

# 수많은 인생의 지침서

인생을 잘 살고 싶었습니다.
정말 행복하게 살고 싶었습니다.
그래서 그 방법을 배우기 위해
인생의 지침서를 찾아 읽었습니다.

처음에는 몇 가지 도움을 받았습니다.
하지만 시간이 지나, 이번에는 인생의 답답함이 찾아옵니다.
그래서 그 답답함의 원인을 찾기 위해
또 다른 인생의 지침서를 찾아 읽었습니다.

몇 가지 답답한 원인을 찾았습니다.
하지만 시간이 지나, 이번에는 인생의 허전함이 찾아옵니다.
그래서 그 허전함을 채울 수 있는
또 다른 인생의 지침서를 찾아 읽었습니다.

다행히 허전함을 채우는 방법을 찾았습니다.
하지만 시간이 지나, 이번에는 수많은 스트레스에 시달립니다.
하지만 이번에는 수많은 스트레스로 내 몸까지 망가져 병원도 다녔고
또 그 스트레스를 완전히 없애기 위해
이번에도 나의 든든한 후원군인, 인생의 지침서를 찾아 읽었습니다.

다행히 스트레스는 가까스로 다스리게 되었지만
이번에는 생전 처음 접하는 무섭고 강력한 분노라는 놈이 찾아옵니다.

하지만 저는 두렵지 않습니다.

저에게는 수많은 또 다른 인생의 지침서가 있으니까요!

그래도 이제는
인생의 지침서가 필요 없는
평온한 나 자신을 찾고 싶습니다.

# 급박急迫한 나 자신에게

아, 정말 힘들어요!
아, 정말 미칠 것 같아요!
아, 정말 머리가 터질 것 같아요!
아, 정말 심장이 멎을 것 같아요!

아, 다리에 가서 뛰어내리고 싶어요!
아, 몰고 가던 차를 난간에 부딪치고 싶어요!
아, 무엇이라도 닥치는 대로 때려 부수고 싶어요!
아, 저기 온 도시가 훨훨 타오르는 거라도 봤으면 시원하겠어요!

그럴 때는
모든 것을 잠시 멈추고
의자에 기대거나 자리에 누워
눈을 감고 심호흡을 몇 번만 해 보세요.

그리고
내가 가장 아기였을 때
아무 걱정 근심 없이 편안하게 잠들었을 때를 떠올려 보면 어떨까요?

그리고
큰 사고로 인해
두 손과 두 팔 모두, 사지四肢가 잘리고도
힘을 내어 살아가는 사람도 있다는 것을
생각해 보면 어떨까요?

그리고
나를 힘들게 했던 덩어리들을
화장실 변기 안에 처박은 후
더러운 똥 덩어리들과 함께
단박에 눈에서 사라지도록 배출시키면 어떨까요?

# 행복의 크기 알아보기

내 행복의 크기는 어느 정도일까요?
간단한 계산식 하나 알려드릴게요.

우선, 첫 번째
내가 지금 사랑하고 있는 사람 숫자를 세어 보세요.

그리고 두 번째
내가 지금까지 사랑해 줬던 사람의 숫자를 세어 보세요.

다음은, 세 번째
내가 지금 미워하고 있는 사람 숫자를 세어 보세요.

마지막으로, 네 번째
내가 지금까지 미워했었던 사람 숫자를 세어 보세요.

이제 나의 행복을 계산해 볼게요.
첫 번째와 두 번째 숫자를 더한 다음
세 번째와 네 번째 숫자를 빼시면 돼요.

나의 행복의 크기는 얼마인가요?
설마 마이너스는 아니시겠죠?

하지만 중요한 계산이 하나 더 남아 있어요.
세 번째를 계산할 때는, 최소한 곱하기 100을 한 다음 빼야 하고,
네 번째를 계산할 때는, 최소한 곱하기 1000을 한 다음 빼야 해요.

단, 미움이 사라진 경우에는 숫자에서 제외해도 된답니다.

당연하죠.
내가 미워하고 있는 사람이든지, 미워했었던 사람이
단 한 사람이라도 있다면
지금 내가 느끼고 있는 행복은
그냥 잠시 있다 사라지는 구름과 같거든요.

# 천연염색

빨주노초파남보

원색은
다른 색 하나 섞이지 않아
깨끗합니다.
강렬합니다.

하지만
천연염색은
색을 자연에서 빌려오기에
자연스럽습니다.

천연염색 이름도 참 예쁩니다.
쪽풀, 홍화꽃, 자초꽃 등등.

천연염색이 끝나면
색은 더 예쁘게 다가옵니다.

깊으면서도 편안한 맛
수수하면서도 질리지 않는 맛
소탈하면서도 기품이 있는 맛
자연스러우면서도 고풍스러운 맛.
가끔은
공장에서 만들어지는 화학 염료에서 벗어나
자연에서 잠깐 가져오는 천연염색에 마음을 담가 봅니다.

# 아들아, 잘 봐 둬라

명절날 아침
큰형님이 가족들 앞에서
차례를 지내고 계신다.

옆에 서 있던 아들에게
한마디 일러둔다.
"잘 봐 둬라! 너도 언젠가는 아빠 제사 지내야 하니까!"

아들이 거부 반응을 보인다.
"그럴 필요 없어요. 아빠는 절대 돌아가시지 않을 거예요!"

아들아
너의 마음은 고맙다.

하지만 아들아!
아빠는 때가 되면 다시 자연으로 돌아가련다.

그것이 자연의 순리이니까!
그래야 너도 아들딸 낳고 아빠가 되고
손자 손녀 보며 할아버지 되지.

# 황지黃池연못

강원도 태백시 황지동에는
1,300리 낙동강의 발원지
황지연못이 있다.

도시의 한복판에 있으면서도
깊은 산속의 계곡물에서 시작되는
다른 강들의 발원지보다도 훨씬 더 많은
수량이 땅 아래에서 샘솟아 나온다.

그것도 푸른 빛깔의 신비로운 물들이다.

이렇게 샘솟은 황지연못의 물은
1,300리의 아름다운 우리 강토를 적시며 흐르다가
부산시 낙동강 하굿둑 갑문을 지나
남해로 흘러들어 간다.

우리는
남해로 흘러든 낙동강 물의 시작이
태백시의 황지연못이라는 것은 쉽게 알 수 있다.

하지만
황지연못으로 솟아오르는 물은 어디에서 왔으며
샘솟은 물들의 푸른 빛깔은 어디에서 왔는지는
우리 눈으로는 쉽게 보이질 않는다.

하지만 푸른빛이 있으니
반드시 그 푸른빛을 물들인 것이 있을 터이다.

이와 마찬가지로
나를 행복하게도 만들고, 때로는 답답하게도 하는 것을 보면
절대 우리 눈에는 보이지 않지만
내 안의 마음이라는 것이 어딘가에 있기는 있을 터이다.

# 아빠 상대해 보는 자식

나름대로
최선을 다해서 키웠다고 생각했던 자식이
어느 날 나에게 토를 달더니
어떤 문제에 대해서는, 이제는 대들기까지 한다.

처음에는
많이 당황했고, 놀랐다.
가끔은 서럽기까지 하였다.

하지만
그것은 대든 것이 아니었다.
자신과 의견이 다른 아빠에게
자신의 주장을 강하게 펼쳐 본 것이었다.

자식은 어른이 되기 위해서
어른의 시작인 아빠와 동등해지려고 시도해 보는 것 같다.
그리고 그런 과정을 통해, 자신을 키워 나갈 수도 있는 일이다.

그래서 이제는 그런 커 나가는 과정에 있는 자식의 마음을 알아주면서
때로는 편안한 친구처럼, 때로는 인생의 선배처럼
허심탄회하게 자식과 의견을 나누며
내 자식이 나보다 훨씬 멋진 어른이 되도록 힘이 되어 주려 한다.

# 품 안에 끼우고 키운 자식

그 누가 내 자식 사랑하지 않을까?

그 누가 내 자식 내 품 벗어나
잘못될까 염려하지 않을까?

그렇다고
내가 내 자식을 끼고 있으면,

내 자식은
세상과 접하고 부딪히며
온몸으로 혼자 크질 못하고
부모가 보여주는 그 사랑으로만 커야 한다.

또한
세상 사람들이
내 자식을 위해 다가오고 싶어도
들어갈 틈이 없으므로
내 자식은 세상 사람들의 사랑과 지혜를 받을 수가 없다.

그러니 결국
내가 내 자식을 끼고 키우면
내 자식은 세상과 함께 커 나가는 큰 그릇의 자식이 되질 못하고
그냥 나만의 자식이 되고
결국, 내 자식은 자기 생각 안에 갇힐 수도 있는 일이다.

# 웃음 만복래萬福來

웃는 얼굴에
그 누가 침 뱉을 수 있을까?

많이 웃으면 얼굴도 예뻐지고
많은 복도 찾아온다.

하지만
때로는 웃음도 독이 될 수 있다.

만약에 상대방이 슬프면 함께 슬퍼해 줘야 한다.
만약에 상대방이 아프면 함께 아파해 줘야 한다.

절대 상대방이 웃을 상황이 아닌데도
나 혼자 기분 좋다고 웃게 되면
그것은 상대방에게 해를 끼치는 웃음 독이 될 수도 있다.

그러니
웃음은 내가 좋다고 웃으면 안 된다.
웃음은 상대방이 좋아서 웃어야 하고
웃음은 상대방에게 좋은 일이 있어서 웃어야 하며
그렇게 웃는 웃음이야말로
값진 웃음이다.

또한, 그런 값진 웃음이
만복萬福을 불러온다.

# 엎드린 자의 소중함

옷 수선집에서
옷을 수선해 입고 집에 오는 길
길거리에 엎드려
구걸하는 자를 보았다.

그리고 나는
구걸하는 자를 우습게 봤다.

나처럼 열심히 살지.
나처럼 공부도 열심히 하지.
나처럼 뭐든지 똑소리 나게 하지.
에이, 가엾은 인생아.

그리고 그냥 지나쳤다.
내 등 뒤로 멀어져가는
엎드린 자의 시선이 계속 느껴졌지만
나는 무시하는 듯 그냥 나의 넓은 집으로 와 버렸다.

나는 피곤하여 뒤로 발랑 누웠다.
그리고 정신이 혼미해져 갔다.

그제야
엎드린 자의 가느다란 한마디가 또렷이 머리에 맺혔다.
"목덜미 옷깃에 바늘 꽂혀 있어요."

# 가족의 중심

새로 생긴 인근 아파트의 모델하우스를
언제 구경 가냐고
아빠에게 막내아들이 묻는다.
아빠는 '엄마께서 가고 싶을 때 가자'고 답한다.

그랬더니 이내 막내아들이 다른 이야기들을 쏟아낸다.
언젠가 저녁 시켜 먹을 때는, 형이 먹고 싶은 걸로 하자고 하고
언젠가 가족 나들이 장소 정할 때는, 제가 가고 싶은 곳으로 가자고 하고

그럼 과연
우리 가족의 중심은 누구인가요?

음, 그것은
우리 가족이 서로 위해 주는 마음
그런 마음들이 하나로 될 때
그것이 바로 우리 가족의 중심이 된단다.

초등학교 3학년 아이에게
유형有形의 중심에 대한 질문에 대해 무형(無形)의 중심으로 답해 줬으니
조금은 어려운 내용인가, 살짝 걱정은 되지만,

그래도 고개를 끄덕이는 것을 보니
굳이 지금이 아니더라도
이다음에 크면 이해할 거라 여겨진다.

# 손쉽게 되는 것은 없다

와! 저 가게 대박이다.
손님도 엄청나게 많고
돈도 많이 벌겠네.
아니나 다를까
저 가게 주인 차도 광택 나는 고급 차다.

괜히 부러움이 앞선다.
내 월급 1년치를 저 주인은 한두 달 만에 벌어들이고
저 가게는 생긴 지도 얼마 안 됐는데
나의 15년 직장생활보다도 더 멋져 보인다.
또한, 가게 주인이 몇 다리 건너 아는 사람이라, 더욱 부러움이 앞선다.

하지만 곰곰이 생각해 본다.
과연 손쉽게 저런 성공을 거뒀을까?
가게 문 연 지는 얼마 안 됐지만,
문 열기까지 얼마나 많은 고민을 하였을까?
그 누구도 예상 못 한 저 자리에 저런 가게를 차리기까지
얼마나 많은 시행착오의 쓰라린 경험을 하였을까?
그리고 나는 퇴근 후에 이렇게 여유롭게 지나가면서 바라보는데
지금도 저렇게 늦은 시각까지 가게를 지키고 있는 마음은 얼마나 고달플까?
나는 주어진 일만 처리하고 마무리하면 퇴근인데
저 주인은 퇴근해도 가게 생각에 얼마나 많은 고민들과 함께할까?

저 주인의 잘되는 사업과 돈만을 부러워했던
나 자신이 부끄러워졌다.

# 고단한 삶과의 전투

매일 시커먼 매연과 밀려드는 차량 사이를,
온종일 운전하시며
고단한 하루를 살아가고 계시는 버스 기사님들

매일 이집 저집 초인종과 전화기로,
피곤해도 웃음으로 물건 전달해 주시며
고단한 하루를 살아가고 계시는 택배 기사님들

매일 작은 모자 하나에 의지하여,
넓은 들의 뙤약볕으로 나가시며
고단한 하루를 살아가고 계시는 농부님들

매일 가족의 생계를 위해,
피곤한 몸 이끌고 산업 현장으로 뛰어가시며
고단한 하루를 살아가고 계시는 모든 가정의 가장들

또한 이렇게 고생하시는 부모님을 바라보면서
나름대로 자기 영역에서 최선을 다하며
고단한 하루를 살아가고 있는 우리의 모든 자녀

갑자기 떠오르는 단어가 있어
이렇게 적어봅니다.

삼국시대 백제의 대표적인 장군인 계백 장군은
전세가 불리하여 자신의 마지막 전투가 될 수도 있는

황산벌전투에 나가기 전, 자신의 가족을 먼저 죽이고
드디어 전장에서 10배가 넘는 적과의 마지막 전투를 벌이기 전에
백마의 피를 몸에 바른 모든 병사에게 이렇게 외치는 듯합니다.
"마음 단단히 먹어야 한다!"

참으로 우리 인생살이도 여간 쉽지가 않습니다.
그래서 우리도 마음 단단히 먹어야 할 듯싶습니다.

# 태권도장의 자전거는 걱정 없어요

초등학교 아들은 학교 끝나고 자전거를 이용하여
피아노학원과 태권도장을 다닌다.

근데 피아노학원에서는 자전거에 잠금장치를 채워 놓는데
태권도장에서는 잠금장치를 하지 않고 그냥 놓는다.

그래서 그 이유를 아들에게 물어보았다.
아들이 들려주는 이유는 간단했다.
태권도장은 관장님이 무서워서 자전거를 잃어버릴 염려가 없다는 것이다.

어찌 보면
우리 사회 돌아가는 것이 모두 이런 시스템이 아닌가 한다.
사회의 법과 규정이 있어, 잘못을 방지하거나 처벌하기도 하고
또한 중요한 사안에 대해서는 점점 더 법이 강화되는 이유도 비슷한 맥락
으로 보인다.

하지만
우리 마음에 잘못된 것이 들어오지 않도록 하는 법과 규정은 어디에 있을까?
또는 우리 마음에서 잘못된 생각을 할 때는 무엇으로 처벌할 수 있을까?
수많은 사람 마음마다 다른 사람들을 미워하고 시기하고 질투하는 안 좋
은 감정들이 많이 자리 잡고 있을 텐데 걱정이다.

아무래도
우리 마음들에 나쁜 감정들이 드나들지 않도록 하기 위해서는
우리 스스로 우리 마음들 단속을 잘해야 할 듯싶다.

# 행복의 호수로 가는 열차

행복의 호수로 가는 열차를
드디어 찾았어요.
이제 표를 끊으려 해요.

하지만 쉽게 표를 끊어 주질 않네요.

우선 미움을 버리고 오라 하네요.
다음은 질투를 버리고 오라 하네요.

그다음은 성냄과 욕심을
자만과 억울함까지
다 버리고 오라 하네요.

이제 모든 것을 버렸으니
호수로 가는 열차 표를 끊어 달라고
간곡히 간절히 부탁했어요.

그랬더니
표는 주지 않고
다음의 한마디가 흘러나오네요.

"이미 호수에 도착하였습니다."

# 돈을 모으는 사람들의 행복

처음에는 목표가 행복이었습니다.
그래서 열심히 돈을 모았습니다.

결국, 많은 돈을 모았습니다.
이제 목표를 이루었다고 믿었습니다.

그래서 그 많은 돈을 멋지게 사용하며, 만족해하였습니다.
멋진 집, 멋진 차, 멋진 술, 멋진 여행, 멋진 옷 등등.

하지만 그런 생활 후에 저에게 남은 것은
돈으로만 세상을 사는 빈껍데기의 허영심과
돈이면 뭐든지 할 수 있다는 헛된 자만심뿐이었습니다.

그래서 다시 마음을 다잡고 내 인생의 목표를 생각해 봤습니다.
역시 행복이었습니다.

이번에는 실수하지 않기 위해서, 언제 내가 행복했었는지를 생각해 봅니다.
그래서 답을 찾았습니다.

돈을 엄청나게 모은 최종 단계보다는
돈을 모으기 위해 열심히 살았던 때가 오히려 더 행복했던 거 같습니다.
그래서 지금은 돈을 모으기 위해서 모으는 것이 아니라
돈 버는 그 과정의 행복을 위해
오늘도 열심히 돈을 모으고 있습니다.
이번에는 제가 가는 이 길이 맞겠죠?

# 열 배 오래 산 인생

아이들의 웃음은 힘이 넘친다.
거침이 없고 맑고 투명하다.

어른들은 언제 웃을까 싶을 정도로
웃고 살기가 쉽지 않다.
웃음 또한 아이들처럼 통쾌하지도 않다.

그럼 과연
우리는 행복의 웃음을
얼마나 자주 터트리며 살고 있을까?

어떤 이는 그래도 인생이 행복하여
하루에 한 번씩은 꼭 행복의 웃음을
터트린다고 하자.

근데
또 다른 어떤 이는
마음에 거침이 없어서
내 주위 모든 것이 행복하여
하루에 열 번은 꼭 행복의 웃음을
터트린다고 하자.

그럼 열 번 이상 웃는 사람은
한 번 웃는 사람보다
인생을 열 배 이상 오래 산 것이 된다.

# 민심民心이 곧 천심天心

옛날 임금님들은 항상 민심을 살폈다.
요즘 대통령들은 항상 여론을 살핀다.

그것은
민심이 곧 나라의 근간이 되는 천심이라 여기기 때문이다.

과연 민심이 무엇이기에 천심이 될 수 있는 것일까?
민심은 사전에서 국민의 마음이라 설명되어 있다.

그럼 과연
국민의 마음에는 무엇이 있을까?

우선 모든 국민의 마음은 각기 다 다르다.
하지만 때로는 하나로 모아질 때도 있다.
그리고 국민의 마음에는 약함도 있고, 강함도 있다.
그래서 그 약한 마음으로 인해, 국민은 때론 쉽게 흔들리기도 한다.

하지만 이런 약한 국민들의 마음을 이끌기 위해
우리 인류 역사에서
몇 손가락 안에 꼽힐 정도의 성인들이 있었고
수십 손가락 안에 꼽힐 정도의 지도자들이 있었고
수백 손가락 안에 꼽힐 정도의 철학자들이 있었고
수천 손가락 안에 꼽힐 정도의 영혼을 달래주는 예술가들도 있었다.

하지만 민심은 어느 한쪽으로도 끌려가지 않았다.

그리고 민심은 지금도 계속되고 있다.
이렇게 흔들림 없는 강한 민심이기에, 민심이 곧 천심이 될 수 있는가 보다.

천심으로 표현되는 그 민심에는
약한 듯하면서도 강철까지 부러뜨릴 수 있는 강함이 있고
차가운 듯하면서도 빙하까지 녹일 수 있는 따뜻함이 있고
어리석은 듯하면서도 상대방 마음까지 꿰뚫어 볼 수 있는 지혜로움이 있
고
비열한 듯하면서도 나 자신의 잘못에도 회초리를 들을 수 있는 정의로움
이 있고
밋밋한 듯하면서도 삼 일 밤낮을 뜬눈으로 지샐 수 있는 뜨거운 정열이
있고
악하면서도 배고픈 이를 위해 내 전부를 내어줄 수 있는 선함도 있는 듯
하다.

이렇게 항상 부족한 듯하면서도
그 안에는 그 누구도 함부로 범할 수 없는
민심의 위대함이 있는 듯하다.

그러니 민심이 곧 천심이리라.

이렇게 천심을 있게 한 위대한 민심이여,
위대한 민심을 있게 한 위대한 인간이여,
위대한 인간을 있게 한 위대한 마음이여라!

# 화禍의 스펀지

세상에
화를 당하고
참을 수 있는 사람은 없습니다.

하지만
화를 당하고도
웃어 주는 사람들이 있습니다.

내 신랑, 내 마누라는
내가 화를 내어도
내 뜻을 먼저 이해해 줍니다.

내 친구, 내 형제는
내가 화를 내어도
내 뜻을 먼저 이해해 줍니다.

그들은 내 화禍의 화살을 맞고도
웃어줄 수 있는
신과 같은 존재들입니다.

그들에게 무한한 감사를 보냅니다.
하지만 착각하지 마세요.
화는 절대 없어지지 않습니다.
스펀지에 스며들어 있다가
언젠가 다시 더욱 강력하게 나에게 되돌아옵니다.

# 1차선의 느린 차들

고속도로에서
1차선은 추월차로요
2차선은 주행차로죠.

근데
추월도 하지 않으면서
1차선을 느리게 달리는 차들이 있어요.
그런 상황을 보면서
저는 신기한 체험을 합니다.

모든 차들이
느리게 가고 있는 1차선의 차량을 보면서
화내지도 않고 답답해하지도 않으면서
그냥 살짝 2차선을 이용해 추월하여
자기 갈 길을 간다는 겁니다.

우리 마음도 이렇게 생각하면 어떨까요?
내 마음이 막히면
화내지 말고, 답답해하지 말고
살짝만 돌려서 가면 어떨까요?

화나고 답답한 마음
살짝만 넘어서고 나면
'뻥' 뚫린
고속도로가 펼쳐질 거라 확신합니다.

# 상대방은 당신의 참모습을 다 알고 있어요

아무것도 모르는 것 같은 어린아이들도
누가 나를 위해 웃어 주는지
누가 나를 못마땅해하는지
누가 나에게 사랑을 주는지
누가 나에게 미움을 주는지
다 느끼고 알아차리고 있습니다.

단지 힘이 약해
그리고 아직은 당신이 무서워서
반응을 참고 있을 뿐입니다.

아이들이 그럴진대
이 넓은 세상은 어떠하겠습니까?

당신이 가진 재력으로
당신이 가진 권력으로
당신이 가진 또 다른 무언가의 힘으로
아무리 상대를 일시적으로 제압한다 하여도
상대방은 당신의 참모습을 다 알고 있습니다.

그러니 하루빨리
나의 참모습을 알아야 합니다.
그리고 세상에 잘못하는 일이 없어야 합니다.
그래야 나에게 돌아오는 세상의 화가 없어집니다.

# 새벽 숲 속의 새소리

이른 새벽
마음이 답답하여
새벽 산책을 나선 적이 있습니다.

제가 사는 곳은
시골이라
10분만 걸어도 금세
산들 사이에 접어들게 되지요.

근데 그때까지 저는 몰랐습니다.
숲 속에서 이렇게 많은 새가
너무나도 아름다운 하모니를
뽐내고 있는지를.

생동감을 위해 그들의 아름다운 소리를
이곳에 몇 가지 적어봅니다.

지지배배, 지지배배, 지지배배
꾸~욱 꾸, 꾸~욱 꾸, 꾸~욱 꾸
따다~따다다, 따다~따다다, 따다~따다다
찌찌찌~지, 찌찌찌~지, 찌찌찌~지, 찌찌찌~지

이렇게 적다 보니, 조금은 표현들이 웃기네요.
하지만 여러분들이 직접 세상의 소리가 아직 깨어나지 않은 이른 새벽에
숲 속에 나가 새소리들에 둘러싸이신다면 분명 황홀해하실 겁니다.

# 아름다운 얼굴의 기준

누구나 다 아름다운 얼굴을 꿈꿔요.

하지만
나이가 들면
주름살이 생기고
흰머리가 나고
걸어가는 힘도 달리고
의욕도 자연스레 사그라지지요.

하지만
진정 아름다운 얼굴의 기준은 무엇일까요?
그저 탱탱함이 아름다운 얼굴의 기준일까요?

저는 이렇게 생각합니다.
모든 것을 아름답게 봐 줄 수 있는 넉넉한 마음과
자연의 순리대로 자연스럽게 자신의 인생을 받아들인
그 마음의 소유자가 품어내는 평온하고 자연스러운 표정이
진정 아름다운 얼굴의 기준이라고요.

# 손등의 작은 솜털 하나

개미가
내 손을 타고 올라옵니다.
그리고 개미의 움직임이 손등에서 계속 느껴집니다.

그곳을 가만히 보니
내 손등 위에는 작은 솜털들이
무수히 자리하고 있었습니다.

그리고 이제
손등의 작은 솜털 하나에
제 온 마음을 집중해 봅니다.

그리고 이제야 깨닫습니다.
지금까지 살면서
저 멀리 높게 솟아 있는 푸른 산들과
저 하늘의 창공을 유유히 날아가는 자유로운 새들만
바라보며, 좋아해 주고, 칭송해 줬다는 사실을.

그리고 이제야
보잘 것도 없고
잘 보이지도 않지만
분명 존재하고
진정 나를 보호해 주고 있는
내 손등의 작은 솜털 하나에
깊은 사과와 무한한 감사를 보냅니다.

# 나뭇잎 동동

예전에 들었던
이야기 하나가 떠오릅니다.

찌는 듯한
뜨거운 여름날에
지나가던 길손이
땀을 뻘뻘 흘리며
물 한 잔을 요구하자
그 주인은
건넨 물 잔에
나뭇잎 하나를 띄워 주었다고 하죠.

나중에 길손이 그 연유를 묻자
목마름으로 물을 헐레벌떡 마시다가
목에 사레들 수도 있으니
나뭇잎을 생각하며
천천히 마시게 하려는 뜻이었다고
주인이 답변하는 내용입니다.

인생이 고단한 것은
매일 좋은 일만 생기지 않기 때문일 것입니다.

하지만
안 좋은 일이 생겼다고
힘들어하고 고통스러워한다면

가뜩이나 고달픈 인생
더 고달파질 것입니다.

그래서
안 좋은 일이 생길 때는
고단한 인생길
잠깐 쉬었다 가라는 뜻으로 알고
나뭇잎 동동 띄워
물이나 한잔 시원하게 마셔 보면 어떨까요?

# 내 뜻과 다르게 펼쳐지는 세상

세상이
모두 내 뜻대로
이루어진다면
그것은 세상이 아니다.

세상은
항상 내가 모르는 대로
펼쳐지며 흘러간다.
그니까, 세상이다.

그럼 우리는
세상을 원망할 필요가 없다.

중요한 것은
내 뜻과 다르게 움직이는 세상을
내가 받아들일 만한 능력이 있는 사람인가
아니면 내가 받아들일 만한 능력이 없는 사람인가의 문제일 뿐이다.

# 하염없이 쏟아 낸 눈물

내가 살면서 언제 울었던가?
혹시라도 울었다면 그때 왜 울었던가?
그리고 흘렸던 눈물의 양은 얼마큼이었던가?

내가 그토록 소중히 여겼던
내 부모가 어느 날 쓰러졌을 때
흘렸던 눈물의 양은 얼마큼이었던가?

내가 그토록 온몸을 다해 사랑했던
내 임이 어느 날 떠나갔을 때
흘렸던 눈물의 양은 얼마큼이었던가?

내가 그토록 원했던 시험에서 떨어졌을 때
내가 그토록 원했던 직장에서 떨어졌을 때
흘렸던 눈물의 양은 얼마큼이었던가?

하지만 어느 날
그토록 세상에 대해 자신만만했던 나 자신이
얼마나 볼품없고 못난 존재였는지 깨닫는 순간
그리고 그 못남으로 인해
세상에 얼마나 많은 죄를 저지르며 살았는지 알아차리는 순간
평생의 눈물을 한꺼번에 하염없이 쏟아 내고 말았다.

# 웃기게 돌아가는 세상

세상은 너무나
웃기게 돌아갑니다.

내가 잘났다고 스스로 말하면
세상은 오히려 저의 최대한 못난 부분을 찾아내어
저를 공격합니다.

세상은 너무
웃기게 돌아갑니다.

내가 고생하여 부를 쌓아도
내가 고생하여 높은 벼슬에 올라도
세상은 오히려 저의 부족을 찾아내기 위하여 모든 감시망을 동원하여
저를 공격합니다.

하지만
세상은 정말로
너무 웃기게 돌아갑니다.

저 스스로 몸을 낮추어도
스스로 부족함을 알고 행동이 못나도
그때는
세상이 저를 높이 치켜세워 줍니다.

# 노랫말 없는 클래식

오래된 직장 화장실을 새롭게 고치면서
자동 인식 기능을 통해 클래식이 흘러나오는 시스템이 갖춰졌다.
그래서 화장실에 갈 때마다 자연스레 클래식 선율을 접하게 된다.

식사 후에
양치질은 시간이 좀 더 길어서
좀 더 오랜 시간 클래식 선율에 빠져들기도 한다.

그러면서 문득
클래식의 대단함을 느꼈다.

노랫말이 있는 노래들은
그저 그 노랫말을 따라가며
마음속에 그림이 하나만 그려지는 데 반해,

클래식은
노랫말이 없어서인지는 몰라도
클래식을 듣고 있노라면
양치질의 그 짧은 시간에도
무궁무진한 풍경들이
내 마음에 그려지는 것을 느꼈기 때문이다.
겨우 학창 시절에
음악 교과서에서만 잠깐씩 들어 보았던
클래식의 위대함이
요즘 새롭게 다가오고 있다.

# 우물 안 개구리

우물 안에서 자라난
우물 안 개구리는

어렸을 적
부모님의 보살핌으로
지식도 쌓았고
별 어려움 없이
자라났습니다.

어른이 되고
건너편 바위산 동굴에 사는
마음에 드는 개구리와 결혼도 하였습니다.

이제
자식도 낳고
부모님에게서 보고 배운 대로
자식을 키우며 행복하게 살고 있습니다.

근데 어느 날
우연히
우물 밖을 나가게 되었습니다.

그리고 그 개구리는
우물 밖에서 한순간에
자기 삶의 기본 뼈대가 되어 주었던

우물 안에서 쌓아올린 모든 지식과 규칙, 생활방식과 자신의 철학 등이
전부가 아니란 걸 깨닫게 되었습니다.

그리고 이제는 험난한 과정들을 다시 또 겪어 가며
인생에 대해 처음부터 새롭게 터득하고 있습니다.

그래도 그 우물 안 개구리는
뒤늦게라도 이렇게 세상을 다시 정확히 볼 기회라도 만났으니
우물 밖으로 나와 고생하는 것을 절대 후회하지 않았습니다.

# 불혹不惑에 얼굴이 만들어지다

논어라는 책에서
마흔을 불혹이라 표현하였다.

그리고 사전에서 불혹은
미혹되지 않는 것으로 풀이하고 있다.

굳이 미혹되지 않는 마흔이라는 나이를 따지지 않더라도
인생에서 마흔 정도의 나이가 되면
자기의 인생철학이 분명히 자리 잡은 시기일 것이다.

그러니 세상의 어떤 일에도 흔들리지 않고
자신의 강한 뜻대로 세상을 살아가는 것이다.

하지만 여기에서 중요한 점은
자신의 신념과 의지, 그리고 마음의 방향에 따라
얼굴이 만들어져 간다는 것이다.

신념이 강한 사람은 얼굴에서도 강함이 배어난다.
마음이 편한 사람은 얼굴에서도 편함이 배어난다.
자신감이 부족한 사람은 얼굴에서도 약함이 배어난다.
즐거움이 많은 사람은 얼굴에서도 흥이 배어난다.

이렇게 자신의 인생철학이 자리 잡는
불혹의 나이부터는
더는 쉽게 인생철학이 바뀌지 않기 때문에

그렇게 자신의 인생철학대로 자신의 얼굴도 만들어지는 것이다.

이제 가만히 거울을 보자.
그리고 그 안에 비치는 내 얼굴을 보자.
내 얼굴에 무엇이 보이는가?
화가 보이는가, 자상함이 보이는가, 편안함이 보이는가, 행복이 보이는가?
그리고 내 얼굴이 어떻게 만들어지고 있는지도 가만히 살펴보자.

하지만 마흔의 불혹까지 오기 전
인생에 대해 자기 뜻을 세운다는 서른 이립而立의 나이에
이미 자신의 얼굴은 만들어지고 있었다.

또한, 서른의 이립까지 오기 전
자신의 인생을 이끌어 줄
나의 부모님, 나의 선생님, 나의 책과 음악들이
이미 태어나서부터 자리 잡고 있었다.

하지만 이것 하나는 분명해 보인다.
내가 마음먹으면
이 세상 그 어떤 것도 못할 것이 없다는 사실이 분명해 보이고
또한 그 시기가 언제여도 시작 못 할 것이 없다는 사실도 분명해 보이고
그리고 또한 나의 얼굴까지도 바꿀 수 있는 강력한 힘이
우리 마음에서 나올 수 있다는 사실도 또한 분명해 보인다.

## 자고로 이루었으면 버려야 한다

취직하기 위해서는
거의 필수코스인 영어 능력 시험
여러 개의 능력 시험 중에서
아직은 토익 시험에 많이들 응시한다.

그리고
900점 정도는 넘겨야
990점이 만점인 그 시험에서
고득점자로 통한다.

그리고 그 고득점자들은
토익 관련 사이트에서
저득점자들에게 조언도 해 주고
자기의 성공 비법을 펼쳐 놓기도 한다.

하지만
간혹 900점을 넘기고
때로는 990점 만점을 맞았다고
세상을 다 얻은 것처럼 환상에 젖는 이들도 가끔은 있다.

하지만
이들이 환상을 버리지 못하는 한
더 큰 세상을 볼 수도 없고, 더 큰 세상으로 나아갈 수도 없다.

세상에는 990점 만점을 뛰어넘어

원어민 수준의 영어 실력을 갖추고도
삶이라는 큰 바다에서 허우적거리는 경우도 많기 때문이다.

그러니, 더 큰 세상으로 나아가기 위해서는
자고自古로 이루었으면 버려야 한다.

# 남루한 대표이사의 생활

겉으로 보면
남루한 운동복에
질질 끌리는 슬리퍼를 신고 있는
허름한 중년의 한 사람이
몇 가지 반찬이 전부인
공동 식당에서
할머니 할아버지들과
함께 식사하고 있습니다.

하지만 사실
그는 자수성가自手成家한
작은 회사의 대표이사입니다.

그는 부모님을 일찍 여의고
대신 홀로 사시며 거동이 불편한
할머니 할아버지들을 돌보며
그곳에서 함께 생활하고 있는 것입니다.

그에게 있어서는
그런 생활이
몇 백억의 재산보다
또는 멋진 빌딩보다
또는 일류 식당에서의 최고급 식사보다
훨씬 마음이 편한가 봅니다.

# 거울에 비친 나에게 하는 말

우리는 어디로 가고 있을까요?
어찌 우리가 우리의 미래를 알 수 있을까요?
다만 내가 어떻게 살아가고 있는지
또는 어떻게 살아왔는지를 통해 우리의 미래를 짐작해 볼 수는 있습니다.

그것은 거울에 비친 나에게 하는 말을 떠올려 보는 방법입니다.
우리는 거의 매일 거울을 보고 있습니다.
대부분은 자기 얼굴에 뭐 이상한 것이 묻지는 않았나 확인하는 정도겠죠.

그리고 잘 생각해 보면
우리는 가끔
거울 속에 비친 자기 자신에게 말을 하고 있습니다.

"와! 너 참 잘생겼다."
"저기 여드름 좀 봐. 저걸 어쩌지?"
"요즘 힘들지. 조금만 더 힘내자."
"아이고, 어찌 얼굴이 저렇게 생겼냐?"
"나도 이 부분만 수술하면 괜찮을 텐데……."
"이제 너도 불혹의 나이를 넘기고 흰머리가 나고 있구나!"
"너는 늙으면서 어찌 얼굴에 편안함이 없니? 주름살만 많고, 불쌍하다."

이렇게 가끔 거울 속에 비친 자기 자신에게 하는 말이
내가 살면서 내 마음속에 초점을 두고 있는 내용일 수 있습니다.
그리고 그 마음에 두고 있는 내용에 따라,
나의 미래가 펼쳐질 수 있습니다.

# 두려움을 만드는 세 가지 근원

상대방이 나를 무시할까 봐
두려운가?

상대방이 나를 싫어할까 봐
두려운가?

상대방이 화를 잘 내는 사람이라서
두려운가?

상대방이 나를 받아주지 않을까 봐
두려운가?

내가 못생겨서, 내가 무능력해서, 내가 말을 잘 못해서, 내가 가진 것이 없
어서, 내가 키가 작아서, 내가 나이가 어려서, 내가 힘이 약해서…….
두려운가?

가만히
나의 두려움을 끝까지 따라가 보자.
그리고 그 근원을
가만히 살펴보자.

무엇이 보이는가?
두려움을 만드는 내가 찾은 세 가지 근원은 다음과 같다.
한 가지는 내가 상대보다 잘났다는 마음 또는 잘나고 싶어 하는 마음이고
또 한 가지는 내가 상대방을 사랑하지 않는 마음이고

마지막 한 가지는 상대가 나를 사랑한다는 것을 믿지 않는 마음이다.

그러니 만약 이 세 가지와 반대인 사람은
즉, 내가 상대보다 잘났다는 마음도 없고, 내가 상대방을 사랑하고, 상대
방이 나를 사랑한다는 것을 믿는 사람은
더는 상대방을 무서워할 필요가 없는 것이다.

# 담 넘기는 쉽되 도와주기는 어렵다

예전에 읽었던 책이나
드라마 또는 영화에서 보면
가끔 남의 집에 훔치러 갔던 도둑이
오히려 그 집에 자기 것을 놓아주고 오는 이야기들이 가끔 등장합니다.

그럼 과연 그 도둑은 왜 그랬을까요?

그 이유는 너무나 쉽죠.
우리의 똑똑한 머리로 다양한 이유들을 찾아보면,

첫 번째 이유, 그 집이 자신보다도 더 가난해서.
두 번째 이유, 막상 들어가서 보니 예전에 자신을 도와줬던 사람이라서.
세 번째 이유, 훔치러 온 자신을 발견하고 용서해 주어서.

제 머리에서는 이 세 가지 정도의 이유가 나오네요.
혹시 여러분은 저보다 더 많은 이유를 찾으셨는지요?

하지만 저는 모든 이유를 하나로 말하고 싶습니다.
그것은 바로 도둑의 마음이 움직였기 때문이라는 이유입니다.
머리가 움직여서는 절대 나올 수 없는 행동이죠.

그러니
사람 마음을 볼 줄 알고
내 마음도 볼 줄 알면
능히 맨손으로

그저 말 한마디로
도둑도 울고 가게 할 수도 있는
기적 같은 일이
바로 내 앞에서
일어날 수도 있는 일입니다.

하지만 이것만은 명심하세요.
마음은 세상을 사랑하는 마음이 강한 자에게만 보인다는 것을요.

# 천하의 소리꾼

그대의 목소리가 하늘을 울립니다.
그대의 목소리가 땅을 울립니다.

역시 그대는 천하의 소리꾼입니다.

시골 장터의 고단한 삶의 무게를
정이 담긴 막걸리 한잔으로 읊어 내고

따뜻한 정으로 세상 시름 이겨 내는 우리의 삶을
찔레꽃과 민들레 들꽃으로 보듬어 내고

황혼 길을 지나 무덤 아래 누워 있는 영혼들마저도
그대의 구성진 소리로 숨 쉬게 하네요.

역시 그대는 천하의 소리꾼입니다.

하지만 이제
그대의 천하의 소리로도 채우지 못했던
그대의 마음 한구석에 남아 있는
작은 한 점의 아련함은
제 글귀의 작은 소리로
채워드립니다.
앞으로는 마음으로부터 평온하시길.

# 일 처리는 머리로, 사람 사이는 마음으로

일 처리는 머리로 하세요.
하지만
사람 사이는 마음으로 맺으세요.

또한, 일 처리는 내 머리로만 해도 가능하지만
사람 사이의 마음은
내 마음이 우선이 아니라
상대방의 마음이 먼저여야 합니다.

사람 사이를 머리로 하면
서로가 맺어지지 못하고
겨우 형식적인 사이만 남습니다.

아니면
일부러 마음을 주지 않는지도 모르죠?
그냥 상대방과 가까워지고 싶지 않아서.
그냥 저 사람이 마음에 안 들어서.
그냥 사람들과 친해지는 자체가 귀찮아서.
또는, 나 자신에 대한 자신감이 부족해서.

하지만
이렇게 가까워지고 싶지 않은 사람이
내 주위에 단 한 사람이라도 있다면
내 마음은 더욱 힘들어집니다.

## 비상 급유給油

아침 출근길이 바쁘다.
우리 집은 맞벌이 부부라 아내가 먼저 출근하고
내가 조금 늦게 출근하는 편이다.
근데 오늘은 비까지 내려
평소 자전거를 타고 등교하던 큰 아이를 학교까지 태워다 줘야 한다.

근데 차를 타고 달리다 보니, 차량 계기판에 주유注油등이 들어와 있다.
이미 상당히 늦어 버린 출근길
기름까지 넣고 갈 마음의 여력이 없다.
달려야 할 길은 40km가 넘는다.
하지만 어떻게든 갈 수 있을 거라는 막연한 가능성을 꿈꾸며
주유도 하지 않고 그냥 달렸다.

하지만 아뿔싸!
출근길 중간 지점에서
차가 멈춰서고 말았다.

해야 할 일을 하지 않고 그냥 지나쳤더니
훨씬 더 큰 낭패를 보게 된 것이다.

그제야 바쁜 마음 다스리지 못한
내 자신의 헛된 바람이 못나 보였다.
하지만 어쩌랴?
긴급 출동 차량 도착할 때까지는
그저 기다려야 한다.

그제야 급박했던 내 마음 다 내려놓고
시원하게 온 대지를 적셔주는 가을의 아침 비를 느끼기 위해
시골의 한적한 도로 한쪽에 차량은 잠시 비상등과 함께 세워둔 채
나 혼자 우산 들고 차 밖으로 나왔다.

그리고 하늘의 흘러가는 먹구름 따라 나도 따라 흘러가 보기도 하고
길가 덤불에서 노니는 참새 두 마리와 함께 날아다녀 보기도 하고
우산과 땅에 떨어지는 빗방울들이 들려주는 멋진 음악에 젖어 보기도 하였다.

하지만 그런 여유도 잠시 뿐, 비상 급유를 받고 난 후에
늦은 출근길 서두르기 위해 빗속을 뚫으며 엄청 또 달리기 시작했다.
정말 잠깐의 여유도 허락되지 않는 쉽지 않은 인생살이다.

# 통쾌한 웃음소리

운동 경기에서 통쾌한 승리가 있다.
막힘이 없고 시원시원하여 유쾌함도 있고 짜릿함까지 느껴질 때이다.
이런 경기는 흔하진 않고, 가끔도 아닌 간혹 보게 된다.


또한 운동 경기의 통쾌한 승리의 그 맛처럼
가끔 우리 주위에서 보면
통쾌한 웃음을 정말 통쾌하게 보여 주는 사람이 간혹 있다.


그리고 나는 그런 사람을 보며 다음을 생각해 본다.


그 사람은 어쩜 저렇게 통쾌하게 웃을 수 있을까?
저렇게 통쾌하게 웃을 수 있으려면 뭐가 필요할까?
또한, 나는 한평생 살면서 저런 통쾌한 웃음을 언제 웃어 봤을까?


아마도 저렇게 통쾌하게 웃으면
그냥 웃는 것보다
천 배 만 배 정도는
내 속이 펑 뚫릴 듯싶다.


또한, 저런 통쾌한 웃음은
천 리 밖의 거대한 산도 진동시킬 듯이
울림이 쩌렁쩌렁하게 느껴질 듯싶다.
과연 저 사람의
저런 통쾌한 웃음소리는
어디에서 오는 걸까?

# 그들만의 황홀경

우리나라의 문화 중의 하나인
관광버스 문화는
다른 나라에서는 찾아보기 힘든 것 중의 하나일 것입니다.

관광차 안에서
노래하고 춤추고 음주 가무를 즐기다가
자리가 좁다 싶으면
어디 한적한 넓은 곳에서 내려
그곳에서 또 한 번 요지경 춤판을 벌입니다.

그런 그들의 모습에서
더는 부러울 것 없는
그들만의 최고의 행복감을 보게 됩니다.

하지만
그것이 이 세상과는 어떤 관계가 있을까요?
그것이 조금이라도 다른 세상에 도움을 줄까요?
그것이 조금이라도 다른 사람들에게 사랑을 주는 모습일까요?

우리는 너무 나의 행복만, 우리의 행복만 추구하는 것은 아닐까요?

우스갯소리로
그들이 옆에 지나가는 사람들에게
떡과 음식을 나누면서 함께 흥을 나누자고 한다면
그것은 그때부터 사랑의 실천이 될 수도 있는 일입니다.

# 슈바이처와 이태석 신부님

'울지마 톤즈'라는 영화의 주인공
슈바이처를 따라 아프리카로 가신
이태석 신부님.

그는 48세의 나이로 암에 걸려
생을 마감하면서도
웃음이 있었고 눈빛이 맑았다.

가난한 자들에게
더 나누어 주지 못해 마음 아파했다.
살아생전에도 자신보다는
아픈 자의 몸이 우선이었다.

그리고
마구간보다도 더 참혹한 현실의 아프리카 땅에서
희망과 행복의 꽃을 피워 내셨다.

그리고 그가 떠난 지금
그가 살아생전 온 마음을 바쳤던
아프리카 수단의 톤즈 지역 사람들은
슈바이처의 고귀한 삶을 따라
그곳에 오신 이태석 신부님을
그렇게 낮은 곳까지 올 수 있는 유일한 분이라 여기며
그의 살아생전의 사진에 사무치는 그리움과 함께 입을 맞추고 있다.

# 개미와의 싸움도 네가 이긴 것이 아니다

이제 막 태권도장에 다니기 시작한
초등학교 막내아들이 집에서 발차기 연습을 하며
그 누가 덤볐을 때를 혼자 가정한 채
다양한 방어와 공격 상황을 혼자서 만들어 낸다.

혹여 저 가정 상황이 실제 상황으로 연결될까
염려되는 부모의 마음에
절대 그 누구와도 싸워서는 안 된다고 일러준다.
또한 싸움이란 양쪽 다 피해를 보게 되어 있으니
절대 그 누가 이긴 것이 아니고, 양쪽 다 지게 되는 것이라고도 일러준다.

그랬더니 아들이 한 가지 되묻는다.
그럼 과연 개미와 싸워도 지는 건가요?

순간 망설이다가 마음과 연결하여 답해 줬다.

개미와 싸워서 이기기는 쉽다.
하지만 상대가 쉬우니, 상대를 얕보게 되고
싸워서 쉽게 이길 수 있으니, 승리의 쾌감도 맛보게 된다.
하지만 이로 인하여
네 마음에는
약한 상대를 우습게 보는 나쁜 마음과
약한 상대는 싸워서 무찔러 버리려고 하는 나쁜 마음이 자리 잡게 된다.

그러니 개미와의 싸움도 네가 이긴 것이 아니게 된다.

# 결혼 전에 풀어라

청춘들이여!

사랑은
그 무엇과도 바꿀 수 없는
인류의 위대한 자산이다.

만약 우리 인류에게 사랑이 없다면
인류는 멸망할 것이다.

그래서 우리가 짝을 만나
백년가약을 맺을 때도
내 눈에 보이는 상대의 허물 정도는
나의 사랑으로 충분히 감싸줄 수 있다고 생각한다.
그것이 바로 사랑의 힘이기 때문이다.

하지만 이것은 분명히 알고, 제2의 인생을 시작해야 한다.

외부로 노출된 병은 더는 병이 아니다.
이미 내가 알고, 상대도 알고 있기 때문이다.

하지만 노출되지 않은 마음의 병은
그 누구도 전혀 알 수 없는 무시무시한 깊이를 갖고 있다.

혹시라도 결혼 생활이 순탄하여
그 마음의 병이 폭발되지 않으면 다행이고

또한, 나의 사랑으로 그 병을 덮어줄 정도의 깊이면 다행이지만

혹시라도 한길 앞을 모르는 인생살이에서
그 마음의 병이 폭발할 만한 상황이 닥친다면
그때는 그대의 사랑으로도 감당할 수 없는 수만 가지의 고통이 다가오리
라.

하지만
내 마음에서 요동친 진실된 사랑으로 맺어진 경우에는
이런 고통도 충분히 이겨 낼 힘이 있다.
그것이 바로 사랑의 위대한 힘이기 때문이다.

하지만
조건에서 맺어진 사랑은 그 핵폭탄의 화염을 감당할 수 없으리라.

그러니
이 사람이 아니면 절대 안 되는 것도 아니고
흰머리 파뿌리 될 때까지 갈 용기도 없고
어떠한 고난과 고통의 연속이 50년 100년 이어진다 해도
이 사람과 무덤까지 함께 갈 자신이 없거든

결혼 전에
상대의 마음에 쌓인 것들을 푼 후에 제2의 인생을 시작해야 한다.
절대로 상대의 마음에 쌓인 아픔을 나의 조건적인 사랑으로 덮어줄 수 있
을 거라 장담하지 마라.

마음의 아픔은 잠깐 덮는다고 끝나는 것이 아니라
오히려 더 무시무시한 더 강력한 힘으로 터지게 되어 있기 때문이다.

그리고 결혼 전에 풀어야
부부의 사랑으로
이 세상의 한 줄기 빛으로 눈을 뜨게 될
나의 사랑스러운, 나의 핏덩어리가
나와 같은 아픔을 겪지 않기 때문이다.

하지만 그 누가 상대의 마음까지 볼 수 있으랴?
그러니 자기의 목숨과도 바꿀 수 있는 사람과
진실된 마음으로 하나 되는 길이 가장 좋을 듯싶습니다.

# 어서 와서 받아가세요

여러분은 무엇을 갖고 싶나요?
여러분은 무엇이 부러운가요?

하지만 아무 걱정하지 마세요.
제가 주는 이것만 받아 가시면
세상 그 어떤 것도 가질 필요가 없습니다.
세상 그 어떤 것도 부러워할 필요가 없습니다.

그리고 이것만 지니고 있으면
아침에도 행복하고 저녁에도 행복하고
행복에 끊임이 없습니다.

그리고 이것만 지니고 있으면
어제도 평온하고 내일도 평온하고
평온함에 끊임이 없습니다.

그러니
어서 와서 받아가세요.

# 이기적利己的인 사랑

아내와 나는 맞벌이 부부인데
아내의 직장이 더욱 힘들어 보인다.
아내는 출근도 나보다 빠르고, 퇴근도 나보다 느리다.
아내가 상대하는 고객의 수도 나보다 훨씬 많다.
아내가 출근해서 해야 하는 일의 분야도 나보다 훨씬 방대하다.
그래서인지 아내의 월급은 나보다 많다.

이렇게 나보다 훨씬 고생하는 나의 아내
언제가 가장 사랑스러울까?

힘들게 돈 벌어올 때, 아니다.
그것은 우리 가족 전체를 위한 일이다.

힘든 몸 이끌고 퇴근하여 설거지할 때, 아니다.
그것은 우리 가족 전체를 위한 일이다.

힘든 몸 조금 쉬려고 소파에 누워 텔레비전 볼 때, 아니다.
그것은 아내 자신을 위한 일이다.

내가 아내를 가장 사랑스러워할 때는
이렇게 엄청나게 힘든 상황에서도
새벽 일찍 눈 비비고 일어나
나 깰까 봐
살며시 거실로 나가
정성스레 내 옷을 다려서

나도 모르게 다시 안방 옷장에 걸어 놓은
반듯하게 다려진 옷을 내가 입으며
나보다 일찍 돈 벌러 나간 아내를 생각할 때이다.

3부

# 아이들 말이 귀찮아요

학교에 다녀온
아이들은 말이 많습니다.

그런데 아이들이
저에게 다가와 이것저것 말하는 것이
점점 귀찮아집니다.

저도 개인적으로 하고 싶은 일들이 있는데
자꾸 아이의 말에 방해를 받습니다.

저도 아무 생각 않고 편안하게 쉬고 싶은데
자꾸 아이들이 일방적으로 이야기합니다.

정말 힘들어요, 정말 답답해요, 하지만 방향을 모르겠습니다.

내가 내 아이를 싫어하는 것은 아닌데
자꾸 아이가 다가오는 것이 부담됩니다.

만약 여러분이 이와 같다면
다음을 한번 생각해 보면 어떨까요?

혹시 나 자신의 그릇이 그 정도이고
내 마음에 담을 수 있는 내 아이의 그릇이 딱 그 정도라는 사실을.

# 허전함의 발악發惡

누군가의 앞에 나서서 나 자신을 내보이고 싶은가?
누군가의 앞에 나서서 나 자신을 표현하고 싶은가?
누군가의 앞에 나서서 나 자신의 인생철학을 펼쳐 보이고 싶은가?

혹시 이런 모든 행동은 어디에서 오는 걸까?
혹시 이런 모든 행동이 내 마음에서 출발한 것은 아닐까?

만약 그렇다면
왜 내 마음에서 그런 마음들이 출발한 것일까?

혹시 나에 대한 허전함이
내 마음 안에 자리하고 있어서
그것을 채우기 위해 그런 것은 않을까?
하지만 그 허전함이 한 번에 채워지는 것이 아니라
채워도 채워도 채워지지 않는 밑 빠진 독처럼
그렇게 끊임없이 허전하기 때문은 아닐까?

만약 그렇다면
끊임없이 목말라하는 그 허전함을
어떻게 채울 수 있을까?

언제나
남 앞에 나를 돋보이게 하려는
그 허전함의 발악을 멈출 수 있을까?

# 지행합일知行合一

중학교 시절
한자를 배우면서
지행합일을 알게 되었습니다.

그때도 그랬고
지금도 그렇듯이
저 뜻은 너무나 잘 알고 있습니다.

하지만 이제야
삶이 10년 20년 30년 40년 더해지면서
보이는 뜻에서
점점 그 이면에 숨겨진 보이지 않는 뜻까지
보려고 노력하고 있습니다.

우리는 대부분
보이는 것이 전부인 양
보이는 것만 알면 다 아는 것처럼
착각하는 경우가 많은 것 같습니다.

우리가 가장 절실히 찾고 있는 행복의 경우를 생각해 보면
지금까지 살아오면서
마음을 비우면 행복을 찾을 수 있다는 얘기를 많이 들었을 겁니다.

하지만 정작
우리는 나 자신의 행복을 찾기 위해서

마음을 얼마나 비우고 살고 있을까요?

또한, 적어도
마음을 비우려고 얼마나 노력하고 있을까요?

마음을 비워야 행복해진다는 것을 알고 있다면
실제로 마음을 비우려고 노력하는 행동들이 있어야
진정 지행합일知行合一의 온전한 뜻을 알았다 하겠습니다.

# 이기적利己的과 이타적利他的

나를 위해 내 행복을 찾는 것은
이기적利己的

남을 위해 내가 행복해야 하는 마음은
이타적利他的

나 혼자 좋아서 웃는 것은
이기적利己的

남을 위해 웃어 주는 마음은
이타적利他的

나를 위해 돈을 모으는 건
이기적利己的

남을 위해 돈을 모으는 마음은
이타적利他的

그럼 과연
나는 오늘 아침에
누구를 위해
거울을 보며 화장을 하였습니까?

# 항상 허전한 우리

나는 남에게 잘생겼다 예쁘다는 소리를 듣고 싶고
나는 남에게 내 능력을 발휘해 대단하다는 인정을 받고 싶고
나는 남에게 예쁜 옷을 입었다는 관심을 받고 싶고
나는 남들이 나에게 먼저 다가오기를 기대하고 있습니다.

하지만
가만히
생각해 보세요.

나는 남에게 얼마나 예쁘다고 말해 줬는지
나는 남에게 얼마나 대단하다고 인정해 줬는지
나는 남에게 얼마나 그들의 옷에 관심을 가져 줬는지
나는 남에게 얼마나 많이 먼저 다가갔는지를.

만약에 내가 나 자신에게 먼저 관심 가지면
남도 자기 자신에게 먼저 관심을 갖게 되고
그러면 우리는 항상 각자에게만 관심을 갖게 됩니다.

그래서 결국
같은 공간에서 나와 남이 항상 함께 있어도
뒤돌아서면 우리 마음은 항상 허전해합니다.

그리고 그 관심이라는 것은
형식적이고 일시적인 행동이나 말들이 아닌
바로 우리 마음에서 우러나오는 것들이어야 합니다.

# 누구나 다 젊음에 끌린다


젊음을 싫어할 사람이 누가 있을까?
젊음을 좋아하지 않을 사람이 누가 있을까?
젊음에서 발산하는 그 상큼한 싱그러움과 넘치는 에너지를 거부할 사람
이 누가 있을까?

하지만 이것만은 생각해 봤으면 한다.
젊음은 늙음을 거부한다는 사실이다.
또한, 늙음은 항상 젊음을 부러워하고, 때로는 시샘도 한다는 사실이다.
또한, 때로는 늙음이 젊음을 가지려고 욕심을 내기도 한다는 사실이다.

하지만 인생은 흘러간다.
또한, 젊음에서 늙음으로 넘어가는 것은 자연의 순리이다.
인생에서 순리를 거스르면, 부작용이 발생한다.

그러니 인생에서 늙어가는 것을 자연스럽게 받아들이면 어떨까?
또한, 젊음의 상큼 발랄함과 젊은 패기를 내 욕심 없이 봐주면 어떨까?
젊음에 대해 시기하거나 질투하거나, 더는 소유하려고도 하지 말고.
늙었으면 입은 다물고 주머니는 열어 놓아야 한다는 우스갯소리도 생각
하면서.

그렇게 늙어가는 것을 자연스럽게 받아들이면
나도 자연스럽게 늙어갈 수 있고
그 마음이 얼굴과 자태에 편안함으로 나타나고, 고운 빛깔로 나타날 수
있다.
바로 이것이 곱게 늙는다는 것이 아닐까?

하지만 늙음이여!
늙음에는 젊음이
감히 흉내 낼 수 없는 인생의 연륜과 한 분야에서의 깊이 있는 조예가
큰 산을 이루고 있어서
그 가치는 젊음 전체를 주고도 바꿀 수 없는 귀한 자산이 되어 준다.

그러니 늙음을 자연스럽게 받아들이고
연륜과 조예를 겸비한다면
젊음도 온몸을 바쳐 따르고 싶어 할 아름다운 늙음이 되리라 믿는다.

# 물건을 밀다가 걸리면

집에서 쓰던 컴퓨터를
책상 속에서 꺼내어
몇 가지 점검을 한 후에
다시 책상 속으로 밀어 넣다가

뭔가 중간쯤에서 걸리는지
부드럽게 들어가지 않네요.

힘을 주어 밀어 넣을까
아니면, 다시 꺼내어
뭐가 걸리는지 살펴볼까
망설이다가
급한 마음 내려놓고
다시 꺼내어 살펴봅니다.

가만히 살펴보니
컴퓨터 뒤쪽의 자체 선들이 엉켜서
그 컴퓨터를 막아 버렸네요.

만약에
엉킨 선들 풀지도 않고
그냥 막 밀어붙였다면
컴퓨터 전기선들이 망가지고
자칫 잘못되면 누전으로 인한
큰 화재도 나지 않으란 법이 없을 듯하네요.

우리도 살면서
누군가와 아니면 내 마음에서
어떤 갈등이 생기면
그 갈등을 잠시 내려놓고
가만히 살펴보면 어떨까요?

# 살인사건의 원인

어느 날
텔레비전의 시사 문제를 다루는 어느 한 프로그램에서
보험금을 노리고 배우자를 자연사로 위장 살해한 사건을 보게 되었다.

누가 봐도
그 살인사건의 직접적인 원인은
보험금이다.

근데 프로그램에서는
그 부부가 재혼한 사이라는 내용도 말해 준다.

그럼 돈이 궁하고 재혼한 사이이면
누구나 다 저런 행동까지 할 수 있을까?

하지만 내가 보는 근본적인 원인은
그 살해자의 마음이다.

자라나면서 표현하지 못하고 억눌린 그 살해자의 감정들
그런 감정들을 내 안에 가둬야만 했던 그 살해자의 불행한 가정환경들
세상 그 누구에게도 자기 마음을 털어놓을 수 없었던 그 살해자의 답답
함들
이런 안 좋은 마음의 감정들이 싹트는 동안, 그리고 자라나는 동안 항상
혼자 묵묵히 견뎌 내야 했던 그 살해자의 외로움들

이렇게 아프고 상처 입은 마음들이 쌓이고 쌓여

결국 현실적인 문제를 해결하기 위해 살인까지 저질렀다고 본다.

만약 저 사람의 마음에 악한 감정이 쌓이지 않았다면
절대 저런 행동은 나오지 않았을 것이다.

# 한 걸음을 떼도

하루의 고단한 일상을 마치고
집에 돌아와 잠시 쉬기도 바쁘게
다시 또 잠이 들어 버리는 세상살이

그래서일까
일상에서 가끔 여유가 있으면
편안함보다는 허전함과 불안함이 찾아온다.

허전함과 불안함이 잦아지면
우울증까지 이어질 수 있다고 하던데
이래저래 걱정이다.

그래서
가만히
내 일상을 되돌아보며
왜 이렇게 허전하고 불안한지를 들여다보았다.

아침에 출근할 때, 내가 가고 싶어서 가고 있는가?
직장에서 일할 때, 내가 하고 싶어서 하고 있는가?
점심을 먹을 때, 내가 먹고 싶은 것을 먹고 있는가?
퇴근하고 직장을 나설 때, 내가 가고 싶은 곳으로 가고 있는가?
집에 돌아올 때, 내가 오고 싶어서 오고 있는가?
잠을 잘 때, 내가 자고 싶어서 자고 있는가?

그러고 보니
오늘 하루도
내가 하고 싶어서 한 일이 거의 없구나!

그래, 내일부터는
한 걸음을 떼도
내가 하고 싶어서 떼어야겠다.
그리고 내가 하고 싶어서 하는 일들을 더욱더 늘려 가야겠다.

# 컴퓨터 팬(fan) 소리

우리 곁에는 항상 컴퓨터가 있습니다.
집에서도 있고, 사무실에서도 있고
이제는 우리 손 위에도 있습니다.

저는
아침에 일어나면, 직장에 도착하면, 집에 도착하면
바로 컴퓨터부터 켜 놓고, 그다음 일을 진행합니다.
그리고 저는 항상 컴퓨터 팬 소리를 듣게 됩니다.

다들 아시겠지만
컴퓨터 내부를 보면, 컴퓨터 열기를 식히는 팬이 여러 개가 돌고 있습니다.
열지 않고도 귀를 기울이면, 팬 돌아가는 소리가 들립니다.
요즘은 무음無音 팬이라고 해서, 소리가 작게 나는 것도 있습니다.

컴퓨터 전문가들은
컴퓨터가 열에 약하다고 말합니다.
특히, 모든 명령어를 처리하는 CPU 팬은 꼭 있어야 할 필수 팬이라고 합니다.
만약 CPU의 열을 식히지 못한다면, 컴퓨터는 금방 고장 난다고 하네요.

거꾸로 생각해 보면
CPU가 원래 약해서 열에 약한 것이 아니라
많은 명령어를 처리하다 보니, 자체적으로 많은 열이 발생하기 때문에, 상대적으로 열에 약한 것일 수 있습니다.

그리고 또 한 가지를 생각해 봅니다.

현재의 명령들만 처리하는 컴퓨터의 CPU는 계속해서 팬이 식혀 주는데

과거, 현재, 미래뿐만 아니라

내 생각, 옆 사람 생각, 뒷집 생각, 앞집 생각

가정 생각, 직장 생각, 부모님 생각, 자식 생각

내 차 걱정, 가족 건강 걱정, 가정 경제 걱정까지

이 모든 것을 시시각각時時刻刻 수행하고 있는

우리의 뇌는 과연 무엇으로 식혀 줘야 하는지를.

# 나의 못남을 즐겨라

인기 연예인은
좋아하는 사람과 마음 놓고
야외 데이트하기도 힘들다.

인기 연예인은
좋아하는 술 한잔 마시고
가끔 길거리를 비틀거리며 가다가
공원 한쪽 풀숲에 천연거름 주기도 힘들다.

꽃이 있으면 벌이 모이고
똥이 있으면 똥파리가 꼬인다.

즉, 잘생겼다면, 돈이 많다면, 권력이 있다면
벌이 모이고 똥파리가 꼬여
그 사람의 단물과 물질까지도 탐을 내는 종족들이 모이게 되어 있는 것이다.
그러니 그 사람은 함부로 허튼 생활을 하면 안 되게 되어 있다.
그러니 얼마나 답답하겠는가?

그러니 오히려
내가 못나서
내 주위에 사람들이 모여들지 않는 것이
내가 하고 싶은 모든 것들에 대해 방해받지 않으니
이 얼마나 좋은 일인가?

그러니 그냥 세상과 섞이지 못함을 원망하지 말고
그냥 조용히 혼자서 창밖을 바라보며
저기 저 먼 산의 신록과
그 위의 푸른 하늘과
그 사이를 두둥실 떠가는 구름의 여유로움과 평화로움을
말없이 내 마음에 담아 보며
또한 내 마음이 행복으로 가득함을 느낀다면
이 얼마나 좋지 않을 수 있겠는가?

# 늙음이 주는 교훈

나에게
내 아버지가 50에
내 어머니가 37에
이 세상의 빛을 보게 해 주셨다.

어린 시절
내 나이 10살 정도 됐을 나이에
60의 할아버지 같던 아버지를 모시고
이발소에 가 본 적이 딱 한 번 있었다.

대부분의 옛날 어르신들은
많은 자식과 가난으로 인해
60만 되어도 이미 꼬부랑 할아버지가 되어 계셨다.

이발소 의자에 누워서
얼굴의 수염을 깎고 계시는
나의 아버지도
탄력 없는 피부와 엉성하게 빠진 치아들로 인해
얼굴 전체가 주름투성이이었고, 또한 자꾸 입을 오물거리셨다.

그래서 이발사는 수염을 깎다가 한마디 했다.
"입 좀 오물거리지 마세요. 수염을 깎을 수가 없네요."

그러자 아버지께서는 그 이발사의 말이 서운하셨던지
한마디 언짢은 대꾸를 하셨다.

"야 이 사람아, 당신도 한 번 늙어 봐."

그래요.
우리가 늙어 보면 그때는 알 수도 있을 것 같습니다.
젊음은 굳이 가진 것이 없어도
그 자체로 좋은 것임을.

## 덧없는 인생

혼히들
살아온 인생의 흔적이 많아지는 나이일수록
인생을
덧없다고 표현하는 경우도
많아집니다.

인생을
직접 사신 분들의
산 경험이니
그 말씀은 맞을 것입니다.

하지만
인생의 덧없음을 알고
나의 모든 것을 내려놓고
내 마음의 종소리를 듣는다면
그때부터
인생은 덧 있음으로
새롭게
다가올지도 모르는 일입니다.

# 항상 젊게 살자

늙음을 좋아하는 사람은 없을 것이다.
그래서 우리는 끊임없이 늙음을 거부하려고 발버둥 친다.

우리가 젊게 사는 것은 좋은 일이다.
이것은 한 연구에 의해서도 증명이 되었다고 한다.

내가 지금의 나이보다 10년 젊은 나이라고 생각하고 살면, 실제로 우리 몸
이 10년 젊은 나이로 착각하고 그렇게 움직여 준다는 것이다.

예를 들어, 내가 할머니라고 생각하면 허리가 빨리 꼬부라지고, 나는 아직
도 노약자석이 필요 없는 젊은이라 생각하면, 허리가 점점 힘을 낸다는 것
이다.

하지만
이것만은 생각해 보자.

인위적인 방법으로
몸의 노화를 막는다고
늙음이 안 오는 걸까?

그것보다는
늙어가는 것을 자연스럽게 받아들이고
늙어가는 나 자신도 인정하면서
마음만은 항상 젊은 열정으로 가득 채우면
그것이 진정 젊게 사는 것이 아닐까 생각해 본다.

# 벌서는 선생님

아침 등교 시간
정해진 등교 시각을 넘기고 지각한 학생들에게
선생님께서는
칠판 보고 스스로 반성하라고 하신다.

근데 어느 날
선생님께서 조금 늦게 출근하셨다.

학생들은
선생님을 보고
따지듯이
선생님도 늦었으니
칠판보고 반성하라고 한다.

선생님은
자리에 앉지도 못하고
아무 말없이
칠판으로 걸어가
손을 뒤로 모으고 반성하는 자세를 취한다.

이제 아이들은
벌서는 선생님을 보고 좋다고 한다.
어떤 아이는 통쾌한 웃음을 짓기도 한다.

선생님은 칠판을 보며 이런 생각을 한다.

저 아이들의 마음에 억울함이 많구나!
특히 저 중에서 가장 주도적으로 큰소리까지 쳐 가며 벌씌웠던
한 아이의 마음이 전해져 선생님의 마음을 아프게 했다.

그 아이는 가정에서 작은 잘못에도
용서받는 일 없이 부모님께 항상 매질을 당하면서도
부모님의 잘못된 행동에는
오히려 이해해 주고 참아 주는 아이였다.
하지만 화火는 절대 사라지지 않는다.
아직은 자기 부모에 대한 화보다는
부모에 대한 사랑이 훨씬 크기 때문에
아직도 부모를 껴안아 주고 있다.
또한, 한편으로는 아직은 부모님께 대들 만한 여건이 안 된 것이다.

하지만 학교 담임 선생님은
아이들의 소리에 귀를 기울여 주신다.
또 아이들의 큰소리에도 자신을 낮출 줄 안다.
그래서 그 아이는 담임 선생님의 작은 잘못에도
그 아이 마음속에 쌓였던 억울하고 답답한 감정들을 폭발시키며
큰소리로 따지듯이 담임선생님에게 벌씌워 버린 것이다.
그리고 그 아이는 통쾌한 웃음을 보였다.

그리고 선생님은 또 생각한다.
이제 내가 아이들의 억울하고 답답한 마음을 조금이나마 풀어 줬으니,
앞으로는 용서를 가르쳐야겠다.

또한, 아이들의 마음에 선생님을 벌씌우며 혹시 생길지도 모르는
자만自慢이 자리 잡지 않도록 기회를 봐서 잘 타일러야겠다.

만약 지금의 자만을 잡아주지 못한다면
며칠 안으로 아이들은 나를 운동장에까지 나가서 뛰게 할 수도 있는 일
이다.

그리고 종례시간에 선생님께서는 학생들에게 이런 말씀을 하신다.
"내일부터 등교시각에서 10분 정도 늦는 것은, 생활하다 보면 다들 나름
대로 늦은 이유가 있을 터이니, 선생님께서 우선 그 이유를 들어보고 용
서하도록 하겠습니다."

# 산을 오르듯

창문 너머로 저 멀리
산이 높다.
산 뒤에 더 높은 산이 있다.
그리고 산들이 병풍처럼 펼쳐져 있다.

사람들은
저 산들을 오른다.

오르다
힘이 들면 쉬어 가기도 하고
기어이 산에 오르기도 하고
오르다 산 중간에서 함께 오른 이와 담소를 나누다 다시 내려오기도 하고
그리고 아예 오르지 않고 산 입구의 가게에서 파전에 동동주 한잔하는 이
들도 있다.

참으로
단순하다.

그리고
그 어떤 이도 자기의 선택에 아파하지도 슬퍼하지도 억울해하지도 않는다.
그냥 본인이 선택하고, 본인이 결정해서
그냥 본인 뜻대로 했기 때문일 것이다.

우리 인생도
이러면 참 좋을 거라 생각된다.

# 쳇바퀴 도는 일상

참으로 하루가 단조롭다.
아침이면 허둥지둥 일어나
겨우겨우 아침 먹고
헐레벌떡 출근하고

고단한 직장 일에
하루를 소비하고

겨우겨우 집에 돌아왔지만
지친 어깨 쉴 틈도 없이
밀린 설거지에
저녁상을 준비하며
긴 한숨을 내뿜는다.

이렇게 정신없이 보내는
일상이지만
그 내용이 항상 변함이 없으니
쳇바퀴 도는 일상이다.

하지만 여기에서
가만히 잠시만 들여다보자.

쳇바퀴 도는 나의 일상으로 인해
나의 자식은 자라나고 있고
내 가족은 한 울타리에서 생활하고 있다.

그리고 가끔 내가 힘들면
나의 자식이, 나의 배우자가 어깨를 주물러 준다.

쳇바퀴 도는 일상이 결코 인생살이의 마이너스는 아니다.
단지 그것의 소중함을 모르고 있기 때문에, 그 가치를 모를 뿐이다.

# 올레길과 둘레길

지금까지는
우리에게
제주도는 그냥 제주도이고
지리산은 그냥 지리산이었다.

하지만
몇 년 전부터
제주도는 올레길이 되었고
지리산은 둘레길이 되었다.

이제 사람들은 올레길과 둘레길을 소중히 여긴다.
아마도 그것은 길의 끄트머리에 도착하는 것보다는, 길을 걷는 그 과정에
서 뭔가 모를 소중함이 더 크게 있는 것을 느꼈기 때문이다.

이제
사람들은 올레길이 있어서 제주도를 더 좋아하게 되었고
사람들은 둘레길이 있어서 지리산을 더 좋아하게 되었다.

올바른 삶과 바른 인간상을 공부하는
학교의 도덕과 윤리 교과서.
그곳에서는
목적을 달성하기 위해서는
수단과 방법을 총동원해야 한다는 논리보다는
목적 달성은 나중 이야기이고
우선 과정에서 온 힘을 다해야 한다고 가르친다.

그것이 아름다운 삶이라고.

이제야
목적지가 우선이 아니라
목적지를 향해 걸어가는 그 과정을 소중하게 여기기 시작한 듯하다.

그리고 우리는 지금
인생의 끝만을 향해 무작정 달려가고 있는 것이 아니라
인생의 과정 속의 그 하루를 살고 있다.

# 내 자식의 부족함

한 학년에 10명 내외의
아주 작은 시골 중학교
축구 한 번 하기 위해서는
전교생이 함께 모여야 한다.

제 아들은 이제 1학년
다른 학교에서 학교 적응 문제로
올 4월에야 전학을 왔다.

축구를 할 때
2학년 3학년 형들이
아들을 꼭 수비만 시킨다고 한다.

또한
축구공 주워오는 심부름도
다른 1학년 친구들도 있는데
꼭 아들을 시킨다고 한다.

그런데 오늘 아침
드디어 탈이 났다.
아들이 집에서 짜증을 심하게 부리고
또한 머리가 아프다며 학교 가는 것까지 거부했다.

그리고
이제야

내 자식의 부족함이 느껴졌다.

시골 친구들의 학업 지식이 조금 부족하다고
아들이 학교 친구들을 너무 쉽게 생각한 것이고
아들이 세상에 대한 지식이 조금 많다고
아들이 세상을 너무 쉽게 바라보고 있다는 점이다.

그리고 이 때문에
아들에게는 겸손이 부족하다는 점을 깨닫게 됐다.

그리고
이제야
이 모든 원인이
세상을 너무 쉽게 바라본
이 못난 아빠에게서 비롯된 것임을 깨닫게 됐다.

그리고
제 못난 자식을 스쳐 갔던
모든 친구
모든 선생님께
자식에게 잘못된 시각을 보고 자라게 한
이 못난 아빠가 대신
사죄드리기 위해
마음속 깊은 곳에서 머리를 숙였다.

# 인생길에 계속 피워지는 꽃

내가 매일 살아가며
내가 매일 걷고 있는
나의 인생길

하지만 인생길은
걸어갔다고
지나갔다고
사라지는 것이 아니다.

인생길은 어제 걸었던 길이
오늘 다시 살아나 펼쳐지는 길이다.
또한, 인생길은 먼 옛날 걸었던 길이
오늘 다시 펼쳐지기도 한다.

그리고 그렇게 다시 살아나 펼쳐진
오늘의 나의 인생길 위에
내가 살아오며 뿌린 씨앗들이
꽃으로 피어나 나와 함께한다.

내가 어제 버린 휴지 하나가,
오늘의 나의 인생길 위에서 내 발을 더럽히고

내가 어제 꺾어 버린 나뭇가지가,
오늘의 나의 인생길 위에서 나를 찌르고

내가 어제 비난했던 그 미운 사람이,
오늘의 나의 인생길 위에서 나를 노려보고

내가 어제 차갑게 대했던 그 사람이,
오늘의 나의 인생길 위에서 나를 무시하고

내가 어제 무시했던 그 바보 같은 사람이,
오늘의 나의 인생길 위에서 내가 낭떠러지로 떨어지기를
간절히 기도하고 있다.

# 내 뜻대로 안 되는 자식

우리는 자식을 키우며 가끔
자식이 부모 뜻과 어긋나는 모습을 보일 때
'내 뜻대로 안 되는 것이 바로 자식이다.'라는 말을 한다.

그리고
부모의 잔소리가 이어지고
자식은 더욱 어긋난다.

하지만 여기에서
자식이 내 뜻대로 안 된 연유를
가만히 생각해 보자.

혹시
자식이 부모 뜻에 어긋나는 것은
부모가 자식을 자기 뜻대로만 했기 때문은 아닐까?

그리고 이제는
자식을 그들의 뜻에 따라 커 나가도록 이해해 주면 어떨까?

　하지만 여기에서 조심해야 할 것은 자식이 잘못된 길을 가는데 결코 방
임하자는 것이 아니다. 단지, 내가 바라는 대로만 자식을 이끌지 말자는
얘기이다.
　자식들도 어엿한 자신들의 인생에 대한 뜻이 있다. 그 뜻을 이해하고 인
정해 주고, 내 뜻대로 해야겠다는 생각을 내려놓는 순간, 자식은 진정 내
가 원하는 방향으로 자라날 것이다.

# 대머리 선생님

초등학교 4학년 때 옆 반 남자 선생님은
앞쪽 이마부터 머리가 빠지셔서
숫자 '3'을 연상케 했다.

그래서 우리 친구들은 3자 머리 선생님이라
우리끼리 이야기하며 키득키득 웃곤 했다.

그리고 지금은
내 머리가 빠지고 있다.

지금까지는
아이들이 대머리 선생님이라 놀리면
선생님도 학교 다닐 때
선생님의 선생님을 대머리라 놀려서
이렇게 머리가 빠지고 있다고
그러니 여러분들도 선생님을 놀리면 나중에 그렇게 될 수 있을 거라
약간의 겁을 주며 놀림을 피하려고 했지만
영특한 아이들에게 통하지는 못했다.

하지만 지금은
머리가 빠지며 대머리가 되어가는 것을 겸허히 받아들이며
아이들이 가늘어진 내 머리카락을 부드럽다며 만지고 노는 것까지
웃으면서 기꺼이 내어주고 있다.

# 초등학교 2학년 국어 교과서

초등학교 2학년 국어 교과서에는
다음의 내용이 나온다.

국어 2학기 44쪽
상대의 마음을 헤아리며 대화하면 좋은 점을 알아봅시다.
인물의 표정과 인물이 하는 말을 잘 살피면 인물의 기분을 알 수 있어요.

국어 2학기 50쪽
상대의 말에 맞장구치거나 질문하며 대화하는 방법을 알아봅시다.

국어 2학기 54쪽
칭찬하는 말을 하는 방법에 대하여 알아봅시다.

국어 2학기 58쪽
상대의 마음을 헤아리며 칭찬하는 말을 주고받아 봅시다.
칭찬해 준 사람의 마음을 헤아려 말을 주고받아야 칭찬을 해 준 사람과
사이가 더 좋아질 수 있어요.

국어 2학기 64쪽
충고하는 말을 할 때는 언제인지 알아봅시다.

국어 2학기 66쪽
상대의 마음을 헤아리며 충고하는 말을 주고받아 봅시다.

내 마음의 종소리

국어 2학기 67쪽
충고하는 말을 하기 전에 생각하여야 할 점을 알아봅시다.
화난 표정을 짓지 않는 게 좋아.
듣는 사람을 진심으로 걱정해야 해.
충고할 말을 신중하게 생각해야 해.

우리는
상대의 마음을 헤아리며 대화하고 있나요?

우리는
상대의 마음을 헤아리며 칭찬하는 말을 주고받고 있나요?

우리는
상대의 마음을 헤아리며 충고하는 말을 주고받고 있나요?

우리는
초등학교 2학년 때
이미 상대의 마음을
먼저 헤아려야 한다는 것을 배웠습니다.

# 개미는 먹이를 한꺼번에 옮기지 않는다

개미가 먹이를 옮긴다.
자기가 옮길 수 있을 만큼만 옮긴다.

자기가 먹을 만큼을 한꺼번에 옮기지 않는다.
자기가 옮길 수 있을 만큼만 옮긴다.
다만 먹이가 많다면, 여러 번 옮길 뿐이다.

우리 인생에서
목표가 높아 힘이 들면
목표를 낮추면 된다.
그리고
작은 목표를 여러 번 도달해도 된다.

처음에
우리는 힘들어하기 위해
목표를 세운 것은 아니다.
그저
나의 인생을 멋지게 행복하게
살기 위해서 목표를 세운 거였다.

# 앞차의 윙크

앞차가
나에게 윙크를 하네요.
오른쪽으로 간다고 윙크하고
왼쪽으로 간다고 또 윙크하네요.

윙크를 받으니
제 기분이 좋아지네요.

그래서
앞차에게
가시는 길
조심히 잘 가라고
약간 속도를 늦추며
사랑하는 마음을
윙크를 대신해
저도 보내줍니다.

# 사랑한다면 끝까지 곁에 머물러 주세요

우리는 부모님들의 사랑을 통하여
이 세상에 존재하게 되었고
또한 부모님들의 사랑을 받으며
이 세상에 태어났습니다.

그리고 우리는 주위의 사랑을 받으며 자라났고
점점 자라나면서
이제는 내가 주위를 사랑해야 하는 것도 알게 되었습니다.

그리고 어느 날
내가 목숨을 바쳐서라도 함께하고 싶은
사랑하는 짝을 만나
백년가약을 맺으며 하나가 되었습니다.

그리고 이제는
내가 사랑하는 내 아이들이 태어났고
내가 사랑하는 내 가족이 이루어졌습니다.

하지만
인생의 굴곡은 나에게도 찾아옵니다.

그렇게 사랑으로 태어나
그렇게 사랑으로 자라나고
그렇게 사랑으로 짝을 만나
그렇게 사랑으로 가정을 이루었는데

어느 날 나에게 견디기 힘든 화마(火魔)가 찾아옵니다.

바로 여기에서
많은 사람이
인생의 큰 갈등을 겪으며
인생의 큰 고비를 경험하게 됩니다.

그리고 방황하고, 아파하고, 힘들어하고, 지치고, 상처받고 등등
본인 스스로 지키기도 힘들고, 감당하기도 힘든 시기를 보냅니다.

그리고 결국
사랑으로 맺어진 가정이라는 울타리가
한순간의 허망한 선택으로 무너져 버리기도 합니다.

이보다 안타까운 일이 어디 있을까요?
지금까지의 모든 사랑이 모여 이룬 가정인데
그 모든 사랑이 한꺼번에 무너져 내리는 기분을 무엇으로 표현할 수 있을
까요?

하지만 그런 힘든 갈등의 상황에서 한 가지만 생각해 보시면 어떨까요?
내가 진정 옆 사람을 사랑하고 있는가?
사랑이 식었다면 왜 식었을까?
내 마음 안의 뜨거웠던 사랑은 어디로 갔을까?
사랑은 모든 것을 용서할 수도 있는 힘이 있는데, 그 사랑은 어디에 있을까요?

그리고 혹시라도
옆 사람을 사랑하는 진실된 마음이 있다면
옆 사람 곁을 끝까지 지켜 주세요.

진실된 사랑이 있다면
언젠가는 아무리 힘들었던 것들도 반드시 극복할 수 있기 때문입니다.

# 내 얼굴만 내 얼굴이 아니다

우리는
매일 거울을 봅니다.
그리고
우리 자신의 얼굴을 살핍니다.
뭐가 묻지는 않았는지
화장은 번지지 않았는지
치아에 고춧가루는 묻지 않았는지
얼굴이 기름기로 반짝이지는 않고 있는지 등등

하지만 우리는
이것은 모르고 사는 것 같습니다.

내가 뱉었던 무수한 말
내가 째려본 무수한 눈빛
내가 찡그린 무수한 표정
내가 터벅터벅 디뎠던 무수한 발소리

그리고
내가 한쪽 구석에 쉽게 처박았던 무수한 휴지까지

또한
남에게 보이지 않는다고, 내 마음에 쉽게 품었던 상대방에 대한 미움까지

이 모든 것이
나의 얼굴이 된다는 사실을.

# 아이들의 모든 것이 정답

아이들은
마흔 살의 저를 보고
할아버지 같다고 놀립니다.
하지만 그 말은 정답입니다.

아이들은
머리가 빠지고 있는 저를 보고
대머리라고 놀립니다.
하지만 그 말은 정답입니다.

아이들은
모공이 넓고 흉터 자국이 많은 저를 보고
못생겼다고 놀립니다.
하지만 그 말은 정답입니다.

아이들은
키가 작은 저를 보고
난쟁이라고 놀립니다.
하지만 그 말은 정답입니다.

아이들은
기름기가 많은 제 이마를 보고
빛나리라고 놀립니다.
하지만 그 말은 정답입니다.

하지만
신기한 일이 생겼습니다.

이렇게 부족하고 보잘것없는 저에게
아이들은 항상 다가옵니다.
그리고 제 손을 잡고 함께 걷습니다.
그리고 저와 함께 웃고, 저와 함께 호흡하고 있습니다.

그리고 그렇게 우리 아이들은
구김살 없이 마음 편하게 환한 얼굴로 커 나가고 있습니다.

# 이런 사람 찾아보세요

그 사람과 함께 있으면
나도 모르게 웃고 있습니다.

그 사람과 함께 있으면
나도 모르게 말하는 것이 즐거워집니다.

그 사람과 함께 있으면
나도 모르게 마음이 편안해집니다.

그 사람과 함께 있으면
어떤 말을 쏟아내도
그 사람은 다 받아주며, 웃어줍니다.
그래서 나도 모르게 자신감이 샘솟습니다.

그리고
그 사람과 함께 있으면
'아, 인생이 이렇게 행복한 거구나!'라는 사실을
나도 모르게 느끼게 됩니다.

이와 같은 사람
내 주위에도 있습니다.
가만히
찾아보세요.

# 아이들의 묵은 마음

2014년 3월
새로운 학생들 23명을 만났습니다.

그리고 2014년 9월
지금도 23명의 아이들과 함께하고 있습니다.

아이들은
제가 귀를 열어 주기만 하면
엄청난 이야기들을 쏟아 냅니다.
동시에 23명이 자기들 이야기를
제 두 귀에 마구 쏟아 내기도 합니다.

그런데
그 이야기 중에는
아팠던 마음
답답했던 마음
억울했던 마음
짜증 났던 마음
그런 내용도 수도 없이 들어 있습니다.

그리고 기적이 일어났습니다.

나는 단지 아이들의 이야기들을 들어줬을 뿐인데
아이들의 얼굴은 신기하리만큼 환해졌습니다.

# 철옹성

그 옛날
다른 나라와 싸움이 잦았던 시절

적의 침략을 막기 위해서
튼튼한 성을 쌓았다.

그리고 성 중에서도 쇠처럼 단단하여
적이 절대 뚫을 수 없는 성을
철옹성이라 하였다.

하지만
우리 마음에도 철옹성이 있다.
남들이 절대 나를 뚫을 수 없도록
우리 마음에 단단한 성을 쌓아 놓은 것이다.

나를 지켜 주는 자존심도 철옹성의 성벽이 되었고
나를 높여 주는 자존감도 철옹성의 성벽이 되었다.

하지만
철옹성 안에 사는 사람들이
성 안에서만 한평생 갇혀 산다면
얼마나 답답할까?

더 무서운 것은
우리 마음의 철옹성 안에는 나 혼자밖에 없다는 사실이다.

# 코스모스와의 눈 맞춤

가을에는 마음이 여유로워집니다.
길가에 핀 코스모스도 아름답습니다.

그러니
다들 운전하시면서
다른 차를 앞질러 가지 마세요.
그냥 앞차의 뒤에만 간격을 두고 따라가 보세요.

그리고
길가에 핀 코스모스와 눈을 맞춰 보세요.

그러면
앞차의 지나감으로 인해
코스모스들이 몸을 흔들기 시작하여
정확히 그 뒤에 따라오는
제 차를 향해
산들산들 때로는 더욱 신 나게 흔들흔들
춤을 춰 주는 것을 보실 수 있을 겁니다.

그리고
눈 맞은 나에게
온갖 형형색색의 아름다운 얼굴로
환한 미소까지 보내 준답니다.

# 큰 지식

우리는 끊임없이 배우고 익힙니다.
학교에서도 배우고
사회에서도 배우고
책을 통해 배우기도 하고
요즘은 인터넷을 통해 많은 것을 배우기도 합니다.

그래서
우리는 아는 것이 점점 많아집니다.

그리고
한 분야에서
몇 년 정도 생활하다 보면
그 분야를 잘 알게 됩니다.

세상 모든 분야의 일들이 또한 이와 비슷합니다.

그래서
우리는 자기 자신이 그 분야에 큰 지식이 있다고 생각합니다.

하지만
나를 평온하게도 해 주고
나를 행복하게도 해 주는
내 마음에 대해서는 나 자신이 얼마나 알고 있을까요?

여기에서 중요한 것은
내가 큰 지식이 있다고 생각하는 순간
내 마음 아는 것에서는 점점 더 멀어진다는 것입니다.

그러니
이런 이치를 알고
나의 큰 지식을 과감히 버릴 줄 아는 것이
진정 큰 지식일 것입니다.

# 저 들판에 누워

저 푸른 초원 위에
그림 같은 집을 짓고

정말 유명한 노랫말입니다.

또한, 노랫말처럼
세상의 모든 짐 내려놓고
저 푸른 초원 위에 누워
파란 하늘을 보고 있으면
얼마나 편할까요?

하지만
실상은 그렇지 않은 것 같습니다.

저 푸른 초원 위에
그림 같은 집을 지으려면
전기선 끌어오기 위해 전봇대 심어야 하고
상수도가 들어오지 않기 때문에 지하수를 파야 하고
수질 오염 때문에 정기적으로 수질 검사도 받아야 하고
길도 없으면 길도 내야 합니다.

또한
저 푸른 초원 위에
편안하게 눕기도 쉽지 않습니다.
쓰쓰가무시병도 걱정해야 하고

뱀이며 곤충들 걱정도 해야 하고
다시 또 일상으로 돌아갈 걱정도 해야 하기 때문입니다.

이래저래 복잡한 세상이고, 쉽지 않은 세상인 것 같습니다.

# 바보들의 웃음

옛날 시골에서는
동네마다
바보들이 한 사람씩은 있다고
얘기들을 했었습니다.

저도 자라나면서
가끔 바보들을 본 적이 있었습니다.

지금도 또한
가끔 인근에서 바보들을 보고 있습니다.

근데 저는
옛날부터
바보들을 볼 때마다
한 가지 풀지 못한 생각이 있었는데,
'바보들의 웃음은 참으로 맑고 투명하다!'는 것입니다.

그리고 이제야
조금씩 그 연유緣由가 보입니다.

우선
바보들은
세상의 모든 사람에게
자기 자신을 눈곱만큼도 숨기지 않고
그대로 보여 준다는 점입니다.

# 누가 시킨 적이 있나요?

오늘을 살면서 슬퍼하라고
누가 시킨 적이 있나요?

옆 사람과 작은 일에도 싸우라고
누가 시킨 적이 있나요?

내가 가진 재산이 조금 부족하면
인생 실패한 거로 생각하라고
누가 시킨 적이 있나요?

직장 못 구했다고, 애인 찾지 못했다고
자기 자신을 무능력하다 여기라고
누가 시킨 적이 있나요?

슬퍼하지 마세요.
힘들어하지 마세요.
그리고 핑계 대지 마세요.

이 세상 모든 사람이
나 못 되라고 전혀 빌지 않습니다.
또한, 그래서 내가 잘못된 것이 아닙니다.

단지 내가 나를 모르고 있을 뿐입니다.

# 내가 가장 좋아하는 낱말

내가 가장 좋아하는 낱말은
'가만히'입니다.

우리가
몸이 편할 때
가만히 있으면 편하죠.

저는 또한
마음이 가만히 있을 때도
편하답니다.

우리 모두
몸과 마음을
가만히 두고
내 몸과 마음을
가만히 지켜보세요.

그리고
가만히
내 몸과 마음에
귀를 기울여 보세요.

그러면
어떤 이는
종소리를 들을 수도 있을 것입니다.

# 말이 없는 아이

언젠가부터
내 아이가 말이 없습니다.

이제 생각해 보니
언제 내 아이와 편안하게 이야기해 봤는지
기억이 가물가물할 정도입니다.

그러고 보니
내 사랑하는 나의 아들딸과 그렇게
무덤덤하게 살았네요.

인제 보니
뭔가 잘못되어도 한참이 잘못되었네요.

이제라도
정신 번쩍 차리고
내 아이와 많은 이야기를 해야겠습니다.

하지만 무섭습니다.
큰 맘 먹고 아이에게 다가가 말을 꺼내려 하니
내 아이는 나에게 말도 못 붙이게 합니다.
그리고 아이의 얼굴에 저에 대한 화가 묻어납니다.

도대체 어디서부터
어떻게 잘못된 걸까요?

# 쉿!

쉿!
지금 뭐하고 계시나요?
잠깐 하시는 일 좀 멈추실래요?

쉿!
지금 무슨 생각하고 계시나요?
잠깐 하시는 생각 좀 멈추실래요?

쉿!
지금 무슨 말씀하고 계시나요?
잠깐 하시는 말씀 좀 멈추실래요?

쉿!
지금 무엇을 보고 계시나요?
잠깐 보시는 것을 좀 멈추실래요?

그리고 이제
눈을 감아 보세요.

그리고 이제
내 마음에 무슨 감정들이 흐르고 있는지
가만히 살펴보세요.
그리고 이제
그 감정들이 어디에서 왔는지
가만히 따라가 보세요.

# 천기누설 天機漏泄

천기가 누설될까 봐 두렵습니다.
아직은 때가 아니기 때문입니다.


또한 천기가 누설되면
그 누군가는 이를 이용하여
사리사욕을 채우기 위해 엉뚱한 곳으로 가져갈 수도 있기 때문입니다.


하지만
천기를
저 혼자 알고 있기엔
너무 황홀합니다.
그래서 세상과 나누고 싶습니다.


그것이 세상이고
그것이 우리이기 때문입니다.


하지만
천기는 강하고도 무서운 것이기 때문에
이를 쉽게 받아들이지 못하는 분들도 있을지 몰라
그들 나름대로 서서히 받아들일 수 있도록
이렇게 글로 남겨 봅니다.

# 큰소리치는 대학교수 침 박사

허리 통증으로
대학 한방병원으로 침 맞으러 가면
큰소리치는 한 대학교수님이 계시는데

환자가 어디 아프다고 딱 한마디 하자마자
알았다고 하며, 일언지하에 환자 말을 더는 못 꺼내게 한 다음
자신이 다 알았으니까 조용히 있으라고 하면서
신기하리만치 아픈 곳을 정확히 짚어 내면서
침을 놓기 시작합니다.
그리고 한마디 합니다.
내가 평생 침으로 먹고산 그래도 침 박사라고.

또한, 우리 주위에도 침 박사처럼
분야별로 전문가들이 있는 것 같습니다.

우리가 아침에 밀린 지하철 출근할 때는
지하철 안으로 많은 손님을 가차 없이 밀어 넣어 버리는
푸쉬맨(Push man)들이 그 분야에선 전문가들입니다.

우리가 점심에 중국 음식 배달하면
순식간에 복잡한 도로를 뚫고 배달해 버리는
번개맨(⚡ man)들이 그 분야에선 전문가들입니다.

우리가 저녁에 마트 장보고 주차장에 놓고 간
수많은 쇼핑카트를 한 번에 길게 밀고 가 버리는

카트맨(Cart man)들이 그 분야에선 전문가들입니다.

하지만 자기 마음을 비우고, 다른 사람들의 마음을 먹고 사는
마음맨(♡ man)들은 그저 말없이 이 모든 사람 옆에 지나다가
그들이 인생의 고단함을 느낄 때
절대 큰소리치지 않고, 그저 말없이 좋은 글귀 살며시 건네주며
고단한 삶 이겨낼 수 있는 희망의 빛을 안겨 주고 다시 가던 길 갈 뿐입
니다.

또한 우리 모두는 남의 전문 분야에서는 그 분야의 전문가를 따라야 하고
내 분야에서 접하는 사람에게도 항상 친절하고 정성을 다해야 합니다.
바로 그 사람이 다른 분야의 전문가들이기 때문입니다.

# 평온의 씨앗

평온의 씨앗은
그저 평온했습니다.
평온 이외의 그 어떤 표현도 달라붙어 있지 않았습니다.
그래서 평온의 씨앗은 평온밖에 몰랐습니다.
또한, 한없이 평온한 상태 그 자체였습니다.

하지만
씨앗의 새싹이 돋아나자
새싹이 잘 자랄 수 있을지
주위에서 걱정하기 시작했습니다.
그래서 평온의 씨앗은 걱정을 알게 되었습니다.

그리고
씨앗의 새싹이 자라나자
새싹을 조금씩 갉아먹는 해충들을
주위에서 미워하기 시작했습니다.
그래서 평온의 씨앗은 미움을 알게 되었습니다.

그리고
평온의 씨앗은 새싹으로 자라나는 동안
다른 풀들에 햇빛을 빼앗기지 않으려고 더욱더 욕심을 내야 했고
비가 없는 가뭄도 경험하고, 눈서리 내리는 추위도 경험하며
생존의 고단함도 알게 되었습니다.

그리고 이제는
평온의 씨앗은 전혀 평온하지 않습니다.
또한, 자신이 누구였는지도 모른 채
걱정과 미움, 그리고 욕심과 생존의 고단함으로 피폐해진
하나의 잡초가 되어 버렸습니다.

# 침묵의 가르침

침묵하는 자는
말이 없는 줄 알았습니다.

침묵하는 자는
할 말이 없는 줄 알았습니다.

침묵하는 자는
아무 생각이 없는 줄 알았습니다.

하지만 이제 알겠습니다.
침묵하는 자는
나 혼자 떠들며
나 혼자 대단한 것처럼 느끼며
나 혼자 행복감에 취할 수 있도록
그저 묵묵히 지켜봐 줬다는 것을.

또한, 알게 되었습니다.
침묵하는 자는
나의 부족함을 나 스스로 깨우치게 하는 길이
오직 그가 침묵해 주는 것임을.

그리고 그것은
침묵하는 자의 나에 대한 무한한 사랑이었음을
이제는 알 것 같습니다.

# 언제쯤 맑은 눈을 가질 수 있을까요?

그분은 말없이 아파합니다.

나의 고통을 알고도, 그분은 말없이 아파합니다.
나의 잘난 체를 보고도, 그분은 말없이 아파합니다.
나의 부족함을 보고도, 그분은 말없이 아파합니다.
나의 이기심을 보고고, 그분은 말없이 아파합니다.
나의 허물을 보고도, 그분은 말없이 아파합니다.
나의 자만을 보고도, 그분은 말없이 아파합니다.

그리고 그분은
이런 부족한 나에게도 끊임없이 다가오라 말없이 손짓하고 계십니다.
하지만 저는 절대 그분의 손짓을 알아차리지도 못하고
절대 그분에게로 다가가려고도 하지 않습니다.
이런 나의 무지몽매無知蒙昧한 어리석음을 보며
그분은 또한 본인 혼자서 가슴 찢어지는 고통을 나대신 겪어 내고 있습니다.

언제쯤
저는 그분을 알아볼 수 있는
맑은 눈을 가질 수 있을까요?

# 그냥 있는 그대로만 봐 주면 어떨까요?

상대가 나에게 다가옵니다.
왜 나에게 오는 걸까요?
나에게 무슨 볼일이라도 있는 걸까요?
나에게 과연 어떤 말을 하려고 다가오는 걸까요?

하지만 상대는 그냥 오는 겁니다.
더는 상대에 대해 나의 생각으로 파고들려 하지 마세요.
그냥 있는 그대로만 봐 주세요.
거기까지가 제가 할 일입니다.
그리고 상대가 다가와서 하는 것을 그냥 바라보면 됩니다.

상대가 목소리를 키웁니다.
왜 키우는 것일까요?
혹시 나에게 무슨 화라도 난 것일까요?
혹시 나를 제압하려고 하는 것일까요?

하지만 상대는 그냥 목소리를 키운 것입니다.
더는 상대에 대해 나의 생각으로 파고들려 하지 마세요.
그냥 있는 그대로만 봐 주세요.
거기까지가 제가 할 일입니다.
그리고 그 이유가 진정 궁금하였다면, 가서 물어보세요?
왜 목소리를 키웠는지를?

그러면 상대방은
막힌 목을 풀려고

또는 자신의 답답함을 풀려고
또는 자신의 약함을 극복하기 위해서라고 대답할 수도 있습니다.

우리는
세상을
너무 내 방식대로만 해석해서
너무 나 혼자서 고민하기 시작합니다.
그냥 있는 그대로만 봐 주면 어떨까요?

# 강인한 생명력이여!


인류역사의 수많은 전쟁
종교역사의 수많은 갈등
개인역사의 수많은 고달픔


이 모든 것에서 우리 인간은 살아남았고
지금도 또 다른 역사를 세우고 있다.


이를 볼 때 우리 인간은
인류의 전쟁보다도
종교의 파급력보다도
개인 자신의 고통보다도
더 강한 무엇인가가
우리 안에 있지 않을까 생각해 보게 된다.


마치 한여름의 뜨거운 열기로
펄펄 끓는 저 두꺼운 아스팔트 위의
단 한 줌의 흩어진 흙에서도
악착같이 뿌리내리고
그 수많은 차량의 질주에도 아랑곳하지 않고
꿋꿋하게 또 하나의 삶을 만들어 가는
이름 모를 저 한 떨기 풀 한 포기의
무한한 생명력과 같다는 느낌이다.


때로는 쉽게 뽑히고, 병들고, 시들어 가지만
그래도 쉽게 꺼지지 않는 강인한 생명력이여!

# 책과 자존심

우리가 고단한 인생길을 그래도
우리 스스로 살아갈 수 있도록 해 주는 힘은
우리의 자존감과 자존심에서 나오기도 한다.

하지만
바로 그 자존감과 자존심 때문에
때로는 다른 사람의 마음을 먼저 알아주지 못하고
항상 나의 판단과 내 생각을 우선시하여
상대를 내 방식으로만 평가하며 살아가기도 한다.

그래서 우리 인생이 고단한지도 모를 일이다.
인생이 부드러워지려면
나의 자존감과 자존심보다는 상대의 마음이 항상 우선시되어야 한다.
그러기 위해서는 내 마음이 부드러워져야 한다.
그러기 위해서는 내 마음을 볼 줄 알아야 한다.

하지만 내가 내 마음을 만날 수 있도록 도와주기 위해
그 누군가가 나에게 다가온다 하여도
손쉽게 내 자존심 안쪽을 상대에게 내어보이기란 여간 쉬운 일이 아니다.
바로 그것이 자존감과 자존심의 특유의 성질이기 때문이다.

그래서 이런 책이 오히려 좋은지도 모르겠다.
이런 책은 사람들 각자 스스로 읽으며
각자 스스로 자기의 자존심 안으로 들어가
각자 스스로 자기의 마음을 만날 수 있기 때문이다.

# 무엇이 두렵겠는가?

내가 너를 사랑하는데
무엇이 두렵겠는가?

내가 너를 사랑하는데
네 앞에서 무엇인들 못 하겠는가?

하지만
나는 너뿐만이 아니라
이 세상 모두를 사랑한다.
그러니
내가 이 세상 그 무엇이 두려우며, 그 무엇인들 못 하겠는가?

이렇게 세상을 진정 사랑하시는 분들은
이 세상의 무지몽매無知蒙昧한 시기와 질투, 모략에도
억울해하지도 않고, 두려워하지도 않으며
이 세상 모두를 위해
그냥 그렇게 홀연히 먼저 가셨습니다.

우리가 어찌
그분들의 무한한 사랑을
어찌 다 알 수 있겠습니까?

그저 가끔 우리의 마음에 그리움만 쌓여갈 뿐입니다.

# 영혼을 바친 예술가들

자신의 귀를 자르며
자화상이라는 작품을 남긴
빈센트 반 고흐

사형 집행 직전에 풀려나
죄와 벌이라는 작품을 남긴
도스토옙스키

귀가 들리지 않았지만
불후의 명곡들을 남긴
베토벤

어찌 그들 예술가의
깊고 오묘한 영혼을 따라갈 수 있으리오?

마음을 뛰어넘는 예술가들의 영혼에
그저 이 글이 부끄러울 따름입니다.

# 두통약

약국에 가면 두통약이 있습니다.
약이 있다는 것은
사람들이 그만큼 필요로 한다는 얘기겠죠?

그야말로
사람들은 머리가 아플 때면
으레 두통약을 먹습니다.

그래서 우리 대부분은
우리 각자의 집에
두통약을 구급약으로 갖추고 있습니다.

하지만
머리가 아플 때마다
두통약을 먹으면 우리 몸은 어떻게 될까요?

또한
두통의 원인은
요즘 말로 스트레스
즉, 마음의 병입니다.

풀지 못하는 어떤 갈등이
내 마음에 들어와
끊임없이
내 머리를 엉키게 하는 것이

바로 스트레스입니다.

그래서
내 마음을 잘 살펴
내 마음에 들어온 갈등의 매듭을 잘 풀어낸다면
두통은 두통약보다도 훨씬 더 빠른 속도로 한방에 달아나 버립니다.

또한, 내 마음을 잘 살피다 보면
그다음에는 더 쉽게 매듭을 풀게 되고
그런 과정을 반복하다 보면
아예 내 마음에 갈등이 들어오지도 않게 됩니다.

이러니
이 마음이라는 놈이
이 얼마나 신비롭고 대단한 약입니까?

또한, 두통은 마음에서 생기고 마음에서 사라진다는 것도
신기한 일입니다.

4부

# 꽃을 보고 무엇을 느끼는가?

어떤 이는
꽃을 보고 아름다움을 느낀다.

어떤 이는
꽃을 보고 아픔을 느낀다.

어떤 이는
꽃을 보고 외로움을 느낀다.

어떤 이는
꽃을 보고 사랑을 느낀다.

그리고
어떤 이는
아예 꽃도 보지 않고 살아간다.

참으로 신기한 일이다.
같은 꽃을 보고도 각자 느끼는 것이 다르니 말이다.

그럼 이번에는
이렇게 한번 생각해 보자.

마음이 아름다운 사람은
꽃을 보고도 아름다움을 느끼고

마음이 아픈 사람은
꽃을 보고도 아픔을 느끼고

마음이 외로운 사람은
꽃을 보고도 외로움을 느끼고

마음에 사랑이 있는 사람은
꽃을 보고도 사랑을 느끼고

그리고
마음이 바쁜 사람은
꽃이 있어도 보지 못한다.

그럼 과연
나는 꽃을 보고 무엇을 느끼며 살고 있는가?

# 나를 버리고 나를 얻다

내안에 내가 있어요.
하지만 인생을 살아오면서
겪어야 했던 아픈 일들에서
내안에 나를 소중하게 지키기 위해
여러 겹으로
아니 수십 수백 겹으로
덮개를 씌워 보호하고 있습니다.

그래서
지금의 나는
진짜 내가 아닙니다.
진짜 나는 수십 수백 겹의 덮개 안에 갇혀 있습니다.

그러니
진짜 나를 찾고 싶다면
지금의 가짜 나를 버려야 합니다.

# 사과와 용서

사과는 나의 몫이고
용서는 상대의 몫이다.

그러니
나는 사과할 권한만 있을 뿐
용서까지 받을 권한은 없다.

그러니
내가 잘못한 일이 있다면
우선 상대에게 사과하고
상대의 용서를 하염없이 기다려야 한다.

그리고
모든 잘못은 용서까지 있어야 우선은 일단락된다.

하지만
무엇보다 중요한 것은
사과할 것이 있는데도, 사과하지 않는 것도 고통이요
용서할 것이 있는데도, 용서하지 않는 것도 고통이다.

그러니
사과할 것이 있다면 용기를 내어 진정을 다해 하루바삐 사과해야 하고
용서할 것이 있다면 미움을 버리고 너그러운 마음으로 하루바삐 용서해
야 한다.

# 겸손한 아이

가끔
어른들이 용돈을 주려고 하면
이를 손사래 쳐가며 괜찮다고
거부하는 모습을 보이는 아이들이 있다.

그리고
우리는 이를 겸손이라고 넌지시 생각하고 있다.

하지만 차라리
용돈을 감사하는 마음으로 받으면서
감사의 인사와 기쁨의 표정을 지으면 어떨까?

그러면
주는 사람이 훨씬 기분 좋고 흐뭇할 것이다.

그럼 과연
겸손이란 무엇일까?

돈이 많아도 함부로 있는 척하지 않는 것이 겸손이요.
아는 것이 많아도 함부로 아는 척하지 않는 것이 겸손이요.
실력이 대단해도 함부로 잘난 척하지 않는 것이 겸손이다.

이런 마음을 하나로 합치면
남들 위에 서려는 마음이 없는 것이 겸손이다.

다시 말하면
남을 사랑하고 아끼는 마음이 겸손이다.

절대로
다른 사람 앞에서 얌전 빼고 조용히 있어 준다고 해서
그것이 꼭 겸손은 아닌 것이다.

그러니
어른들의 용돈이나 다른 사람의 호의를 거절한다고 해서
결코 겸손이 되는 것이 아닐 듯도 하다.

# 고통을 즐겨라

이 세상에
육체적 고통이든, 마음의 고통이든
그런 고통을 좋아하는 사람이 과연 있을까?

하지만
물리적인 과정을 통해 발생하는
육체적인 고통 이외에는
대부분의 육체적인 고통도
스트레스라는 마음의 병에서 출발하기 때문에
우리가 대부분 겪게 되는 고통은
마음에서 비롯된 고통이 주가 된다고 볼 수 있다.

그럼 과연
마음의 고통은 어떻게 치료할 수 있을까?

그 마음의 고통을 치료하기 위해서는
우선 마음의 고통이 무엇인지 알아야 한다.

그 마음의 고통이 무엇인지 알기 위해서는
우선 마음으로 들어가 그 고통의 뿌리를 직접 봐야
그것이 무엇인지 정확히 알 수 있다.
하지만 고통의 뿌리도 눈에 보이는 것이 아니요
마음도 눈에 보이는 것이 아니니
그럼 과연 어떻게 마음으로 들어갈 수 있단 말인가?

하지만 우리가 평소에 느끼는 그 고통을 가만히 들여다보면
나뭇잎에서 줄기를 따라 아래로 내려가다 보면
우리 눈에는 보이지 않았던 땅 속 뿌리까지 다가갈 수 있는 것처럼
그 고통을 잘 따라가다 보면
그 고통이 바로 우리 마음으로 들어갈 수 있는 통로 역할이
되어 준다는 것을 깨달을 수 있다.

그러니 그런 이치를 알고 나면
마음을 들여다보고 싶은 사람에게는
우리가 살며 느끼는 고통이 얼마나 귀한 것들인지를 느끼게 된다.

그래서 일단 그런 이치를 알게 되면
오히려 우리가 겪는 고통에
힘겨워하며 지쳐 쓰러지는 대신
어느 순간 그 고통을 즐기게 된다.

하지만 마음을 다 보기란 쉽지 않은 일이다.
이것은 우리 마음을 온전히 다 보기 위해서는
사람마다 각기 다 다르겠지만
어떤 이에게는 가시밭길을 맨발로 한평생 걸어가는 고통을 겪어도
자기의 마음을 온전히 다 볼 수 없는 경우도 있기 때문이다.
하지만 수많은 노력을 통해
일단 모든 마음을 다 보았다면
그다음에는 더는 마음을 볼 필요도 없고
굳이 보려고도 하지 않는다.

그러니 더는 마음으로 들어갈 고통의 통로도 필요 없고
그리고 그저 평범하게 사람들 주위에 섞여 지내면서
사람들의 모든 마음을 살피며
평온한 마음으로 아무런 말없이 그냥 지낼 뿐이다.

# 능력과 욕심 그리고 인정

우리는 누구나
마음만 먹으면 뭐든지 할 수 있는
능력이 있습니다.

또한
우리는 누구나
능력 이상으로 얻고자 하는
강한 욕심도 있습니다.

그래서 때로는
우리의 욕심이 우리의 능력을 넘어서는 경우도 있습니다.

만약에
나 자신이 이런 연유로
현재 상황이 힘들다면
한 가지 방법이 있습니다.

우선
자신 능력의 한계를 인정해 보세요.

그리고
욕심내지 말고
내 능력에 맞춰 다시 시작해 보면 어떨까요?

# 새가 날다

직장 건물의 뒷산
산이 그리 높지도 않고
등산로도 잘 정비되어 있어서
아침부터 이곳 주민들이
자주 등산을 즐기는 장소이다.

잠깐 시간이 되어 복도 창문을 통해
뒷산을 무심無心히 바라본다.

한 차례 바람이 지나가니
맨 먼저 가벼운 나뭇잎들이 흔들리고
이내 나뭇가지도 흔들린다.
또한, 저 먼 곳 숲 속의 나무들도
내 눈으로는 보이지 않을 정도의
미세한 움직임을 보이고 있다.

그리고 이내 이 모든 것의 풍경이
내 안의 마음에 들어와 자리한다.
그래서 이제는 내 안의 풍경을 보고 있다.

그런데 갑자기
숲 속에서 새 한 마리가 튀어 올라
뒷산을 배경으로 유유히 날아간다.

그리고 내 안 마음의 풍경에도 새 한 마리가 날아간다.

# 코스모스 황홀경悅惚境

매일 아침 출근을 위해
시골길을 30분 정도 운전을 하고 있다.

그리고 맑은 하늘과 상쾌한 공기를 선사하는
가을의 어느 날 아침에

길가에 피어있는
형형색색形形色色의
코스모스가
흐드러지게 피어 있고
차들이 지날 때마다
넘실넘실 춤을 추는 것을
보았다.

그리고 이내
이미 넋이 나간
내 온 마음에
양쪽 길가의 수많은 코스모스가
헤집고 들어와
덩실덩실 춤을 추며 노닐었다.

그리고 나는 이내
쉽게 헤어나올 수 없는
코스모스 황홀경悅惚境에 빠져들었다.

# 명도 名刀

어느 날 내 앞에
마음만 먹으면
무엇이든지 할 수 있는
명도 名刀가 주어졌습니다.

여러분은
이 명도를 어디에 쓰시겠습니까?

누군가는 음식 요리에 사용할 것이고
누군가는 나무 자르기에 사용할 것이고
누군가는 예술 작품 만드는 것에 사용할 것이고

간혹 누군가는
상대방을 위협하는 것에 사용할 수도 있겠습니다.

하지만 저는 그 명도를
제가 찾고 있는 인생의 평온과 행복을 찾는 곳에 사용하겠습니다.

그리고 가장 먼저
제 마음을 가리고 있는 먹구름을 베어 내는 데 사용하겠습니다.

여러분도 아시겠지만
우리는 이미 그 명도를 태어나면서부터 우리 마음 안에 지니고 있습니다.

# 아랫목 이불 속의 밥 한 그릇

한적한 시골, 농부의 아들로 태어나
그래도 새벽 달 보며 했던, 잠깐의 하찮은 공부가
도시의 인문계 고등학교까지는 겨우 갈 수 있게 해 주었다.

그렇게 천만다행으로 도시에 상경한 후
매일같이 새벽에 일어나 신문 배달로 시작하여
자취방에서 학교까지 영어 단어장 외우며 등교하고
시골 촌놈 막힌 머리로 온종일 책과 씨름하다
자취방으로 돌아와 식은 밥으로 허기진 저녁 배를 채우다
겨우 주말이 되어,

한평생 흙과 씨름하다
이제는 주름살과 굵어진 손마디가 전부인
몇 해 전 홀로 되신 어머니가 계시는
시골집으로 향하기 위해 버스에 몸을 싣는다.

시골의 버스 정류장에서 내려도
산 아래 자리 잡은 저 먼 곳 시골집까지는
어린 나이로 십 리 정도는 더 걸어가야 했다.

그렇게 버스에서 내려
저기 저 아득히 멀리 보이는 시골집까지
옆에 지나가는 신작로 차들을 조심하며 걸어가다 보면
마을 어귀에서 누군가 잠시 보였다 금세 사라지는 것을 볼 수 있었다.

처음에는 그것이 뭔지 몰랐다.
하지만 나중에 나중에 나중에서야 알게 되었다.
그것은, 아니 그 사람은, 아니 바로 그분은
이 못난 막내아들 오기만 손꼽아 기다리시며
띄엄띄엄 있었던 시골버스 도착 시각 맞춰서
마을 어귀에 나와 저 멀리 신작로를 바라보셨던
허리 구부정한 나의 어머니였다는 사실을.

하지만 어머니는 가난으로 인해 소학교도 다니지 못하셨다.
한글도 본인 이름에서 겨우 받침 없는 한 글자만 아시는 정도였다.
그러니 손목시계도 없었던 그 시절에
버스 시각 아시는 것도 힘이 드셨을 그 어머니가
도시로 나가서 신문 배달하며 고생할 막내아들을 주말마다 기다리며
얼마나 많이, 얼마나 자주
수십 번을 그렇게 집에서 동네 어귀까지 왔다 갔다 하셨을까?

그런데 왜 어머니는 마을 어귀에서
그렇게 오랫동안 내가 오는 것만을 기다리시다
겨우 저 멀리 신작로를 따라 걸어오고 있는 나를 발견하시고
나에게 다가오지 않고 오히려 이내 사라져 버리신 걸까?

그런 생각을 하며
가을의 신작로 코스모스와 황금 들녘을 바라보며 걷다가
집에 도착하여 대문을 열고 마당에 들어서면
마을 어귀에서 사라지셨던 어머니는
시커먼 아궁이가 있는 마루 옆의 흙바닥 부엌에서
따뜻한 국을 올린 나만의 밥상을 방 안으로 들이시고 계셨다.

그리고
방에 앉아
밥상 앞에 자리 잡으면
그때야 그 어머니는
아직도 온기가 남아있는
아랫목 이불 속에서 밥 한 그릇을 꺼내어
내 밥상, 내 수저 옆에
뜨거운 밥그릇에 자기 손 데는 것도 잊으신 채
두 손을 받쳐 놓아주시고
많이 먹으라며 밥그릇 뚜껑을 열어 주셨다.

그리고
그 아랫목에서 꺼내 와
그 어머니가 열어 주신
그 밥그릇에서는 신기하리만치
따끈한 김이 모락모락 샘솟아 올라왔다.

하지만 그때는 몰랐다.
그냥 꾹꾹 눌러서 숟가락도 쉽게 들어갈 수 없게 만들어진
그 산더미 같았던 그 밥이 진정 무엇인지 몰랐다.

하지만 이제는 조금 알겠다.
그 까막눈, 그 주름지고 시커먼 얼굴의 그분이
마을 어귀에서 잠시 계시다 사라져 버리신 그분이
무지막지하게 밥을 꾹꾹 눌러 담아 주셨던 바로 그분이
힘든 세상 속에서도 나를 지금까지 살게 해 주신 우리 어머니였다는 사실과

또한, 이제는 알겠다.

시골집에 내려오는 막내아들의 허기진 배를 1분 1초라도 늦추지 않고
아궁이의 따뜻한 국과 아랫목 이불 속의 따뜻한 밥으로 꽉꽉 채워 주시
고 싶은
우리 모두의 어머니들이 보여 주신 자식에 대한 무한한 사랑 때문에
우리들 마음속에 그나마 세상에 대한 따뜻한 마음이 조금이라도 자리 잡
을 수 있었다는 사실을.

그리고 이제야 이 못난 막내아들
당신께 받은 무한한 사랑에 머리 숙여 감사드리며
새벽이슬 마르기도 전에 논밭으로 나가
그 어둠 속에서 차가운 물과 공기를 이겨가며
자기 등 굽어 가는지도 모른 채
오로지 자식 걱정에 본인의 모든 인생을 마친
나의 어머니, 우리의 어머님들께
당신이 일하셨을 그 새벽에
못난 저는 따뜻한 방안에서 겨우 이 글 적으며
그저 죄송하고, 더욱더 죄송한 마음에 하염없는 눈물만 흐릅니다.

# 내 팔 위의 모기

팔에 뭔가 앉은 느낌이 들어
팔 쪽을 살펴보니
모기 한 마리가
내 팔에 빨대를 꽂으려고 합니다.

순간 여러 가지 생각이 듭니다.
이것을 단숨에 잡아 버릴까?
아니면 어떻게 하는지 지켜볼까?

내가 모기의 모든 것을 보고 있고
모기의 앞날도 내 손에 달려 있으니
모기가 내 팔 위에 앉아 있어도
두려울 것도 없고
오히려 편안하고
여유도 생깁니다.

우리의 인생도 이러면 얼마나 좋을까요?

하지만 방법은 있을 겁니다.
그렇다고, 그 방법이 과연 돈일까요?
그렇다고, 그 방법이 과연 지식일까요?

제가 정답은 알 수 없어도, 정답을 찾을 방법은 알고 있습니다.
그것은 우리 각자의 마음에 가만히 귀를 기울여 보는 것입니다.

## 평온과 행복을 누리다

나를 버려
평온을 얻었고

세상을 사랑하여
행복을 얻었다.

그리고 이제
나를 낮추어
평온과 행복을 누리고 있다.

# 뱀 앞으로 기어가는 아기

한 아기가 뱀 앞으로 기어갑니다.
절대 이런 일이 있으면 안 되겠죠?

다행히 엄마가 이를 발견하고
재빨리 아기를 꼬~옥 끌어안습니다.
아기는 뱀이 마음에 들었는지 자꾸 엄마 품에서 벗어나려고 발버둥 칩니다.
하지만 엄마는 더욱 강하게 끌어안으며, 절대 놓아주지 않습니다.
엄마는 뱀이 위험하다는 것을 이미 다 알고 있기 때문이죠.

이번에는 우리의 마음을 생각해 볼까요?

우리가 우리 자신의 마음을 몰라 인생의 위험에 빠졌을 때는
그 누가 꼬~옥 붙들어 줄 수 있을까요?
또한, 그 아기가 위험할 때는, 그냥 엄마의 품이면 충분했지만,
우리의 마음이 위험할 때는, 쇠사슬로 묶어 놔도 소용이 없을 수 있습니다.
그것은 다른 사람 목숨까지도 앗아갈 수 있을 정도로
우리의 마음은 정말 무섭기 때문입니다.

# 사랑하고 사랑하고 또 사랑하라

이 세상에서 제일은 사랑이다.
이 세상에서 제이도 사랑이다.
이 세상에서 제삼도 사랑이다.

하지만 나에 대한 사랑은 사랑이 아니다.
온전히 남을 위한 사랑이어야 그것이 진정한 사랑이다.

겸손해야 하는 이유도
남을 온전히 사랑하기 위해서이고

솔직해야 하는 이유도
남을 온전히 사랑하기 위해서이고

내 마음을 알아야 하는 이유도
남을 온전히 사랑하기 위해서이다.

하지만 가끔 보면
겸손한 듯하면서도, 자기 자신을 높이는 자들이 있고
솔직한 듯하면서도, 자기 자신을 변명하는 자들이 있고
마음을 안 듯하면서도, 자기 자신만의 욕심을 꿈꾸는 자들이 있다.

하지만 이들은 결국 자신의 굴레를 벗어나지 못할 것이고
남들 앞에서는, 또는 겉보기에는 그럴싸하게 보일지는 몰라도
자기 혼자 어두운 방에 누울 때는 한없는 허전함을 느낄 것이다.

그것은
내안을 무한한 행복으로 되갚아 채워 주는
다른 사람에 대한 진정한 사랑을 하지 않았기 때문이다.

# 고통의 굴레

다른 사람이 나에게 아픔을 주었습니다.
내가 믿었던 사람이 나에게 절망을 주었습니다.
내가 사랑했던 사람이 나에게 상처를 주었습니다.
내가 받은 아픔
내가 받은 절망
내가 받은 상처
이것을 어떻게 풀어야 할까요?

매일 밤마다 고통의 나날을 보내고 있습니다.
또한, 나에게 이 모든 고통을 안겨 준 그 사람들은
지금쯤 발 뻗고 희희낙락(喜喜樂樂)의 세상 속에 살 수도 있겠죠.
그런 생각이 들수록 더욱더 분함과 고통이 밀려옵니다.
그래서 더는 나의 고통을 주체할 수 없어서
상담을 하거나 책들을 읽어보면
너무나 쉽게 그들을 용서(容恕)하라고 합니다.

하지만 용서가 쉽게 되질 않습니다.
내가 받은 충격이 얼마나 큰데, 그것을 쉽게 용서할 수 있겠습니까?
내가 머리 아파 죽는 한이 있어도, 꼭 되갚아 줄 겁니다.

아니나 다를까
저는 끝도 없이 찾아오는 온갖 스트레스와 병마에 싸우다 쓰러져
그냥 그렇게 머리 아파하며 힘없이 죽어 가고 있습니다.
하지만 고통은 되갚아 주질 못했고
오히려 제 주위에 또 다른 수많은 고통만을 남겼습니다.

# 내가 기다리는 임

눈이 맑아
내 마음이 투명하게 보이는 임

눈이 밝아
내 마음이 훤히 비치는 임

눈빛이 따뜻해
내 마음에 온기가 퍼지는 임

그러면서도
아무 말 없이
잔잔한 미소로
나를 보듬어 주는 임

나는
그런 임을
기다립니다.

# 엉킨 실타래 싹둑

어렸을 적에는 실을 자주 보았습니다.
어머니께서 이불도 꿰매시고, 옷도 꿰매시고 하시는 일이 많았기 때문입니다.

근데 가끔은
바느질하시는 어머니 옆에서 실을 만지작만지작하다 보면
실이 엉키는 일이 생기곤 하였습니다.

하지만
하나의 실이 엉키는 것이 아니라
실타래 전체가 엉키기 시작하면
실로 풀어내기가
하늘의 별 따기만큼이나
어려웠습니다.

그래서 그럴 때는
그냥 아무런 미련 없이
엉킨 실타래 전체를
싹둑 잘라 내 버려야 했습니다.
비록 어려웠던 시절에 버려진 실이 아깝긴 했지만,
그래도 문제는 단번에 해결이 되었습니다.

혹시 우리 마음에도
엉킨 실타래처럼
평생을 들여도 풀지 못할 갈등이 있다면
그냥 싹둑 잘라 내 버리면 어떨까요?

# 내가 해야 할 일

나는 그대를 사랑합니다.

그래서
해주고 싶은 말 하였습니다.

그래서
주고 싶은 선물도 주었습니다.

하지만
세상에는
너와 내가 함께 있습니다.

상대는 내가 싫으면
나의 고백 거절할 수 있습니다.

상대는 내가 싫으면
나의 선물 거부할 수도 있습니다.

나의 마음 표현하는 것까지가
그것이 나의 할 일이고

혹시라도 내 마음과는 달라도
상대에게 나와 다른 상대의 마음이 따로 있다면
상대의 있는 마음 그대로 받아 주는 것도 또한
그것도 내가 해야 할 일입니다.

# 네가 직접 걸어가라

아장아장 걸어가다
땅에 넘어진 아기
빨리 달려가 일으켜 세워 줘야 합니다.

하지만
아장아장 걸어가는 아기가 아닌 이상
인생은 자기가 직접 살아가야 합니다.

그래서
우리가 인생을 살다가
인생의 무게에 넘어졌을 때
나 혼자 일어나서
다시 나 혼자 걸어가야 합니다.
그래야 인생을 살아갈 수 있습니다.

혹시라도
인생의 무게가 워낙 무거워
혼자 일어나기 힘들다면
일어서기까지는 도움을 받아도 되지만
최소한 다시 걸어가는 것은
반드시 내 혼자의 힘으로 해야 합니다.

바로 그것이 인생을 살아가는 데 있어서
최소한으로 반드시 해 줘야 할
인생에 대한 나의 몫이기 때문입니다.

# 마을 정자亭子에 들러

옛 선인들은
경치 좋은 곳에
정자를 세워 놓고
풍경을 감상하며
인생의 여유를 즐겼습니다.

그리고
요즘 시골 동네에 가면
그 동네에서 가장 경치 좋은 곳이나
가장 큰 나무 밑에
마을 정자를 세워 놨습니다.

그래서
특히 더위가 느껴지는 한낮에는
마을 사람들이 잠시 일손을 내려놓고
마을 정자에 모여
정담을 나누기도 하고,
때로는 허리띠 풀어헤치고
산들바람에 몸을 맡기며
깊은 잠에 빠져들기도 합니다.

우리도
언제 시골 마을을 지날 때가 있으면
잠시 들러
고단한 일상 풀어헤치고

잠시 쉬어 가면 어떨까요?

그리고 아직도 시골 마을은
낯선 사람이 마을 정자에 들어와도
반갑게 말을 걸며 한쪽을 내어주고 있습니다.

# 더는 바랄 게 없어

우리는 세상을 살며
많은 욕심이 우리를 힘들게 한다는 것을 알고
욕심을 부리지 않으려 노력한다.

심지어 어떤 사람은 이렇게까지 표현한다.
"나는 세상에서 더는 바랄 게 없어."

정말로 자기가 가지고 있는 것에만 만족하고
더는 바랄 게 없이
현 상태가 최고로 행복하다면
말 그대로 더는 바랄 게 없는
최고의 상태일 것이다.
이 단계는 그 누가 그 이상을 그냥 준다고 해도
더는 바라지 않는 상태일 것이다.

하지만
우리가 이것만은 잘 생각해 봤으면 한다.

내가 바라는 것이 있지만
더는 어쩔 수 없으니
그냥 이것만으로 만족하고 있는지를.

만약에 더는 어쩔 수 없으니, 더는 바라지 않는 것은
우리 마음에 미련이라는 아쉬움을 쌓게 한다.

# 자연의 소리

마음을 편안하게 해 준다는
자연의 소리를 담은 음반을 들어 보면
대부분이
물소리, 새소리, 바람 소리 같은 것들입니다.

하지만
마을 정자에 누워
시골의 경운기 소리
동네 아낙들의 떠드는 소리
저 멀리에서 들려오는 자동차의 경적 소리에도
한낮의 꿀잠 속으로
빠져든 한 사람을 보면

그 사람에게 있어서는
이 모든 소리가 마음을 편안하게 해 주는
자연의 소리인가 봅니다.

그러고 보면
내 마음이 편하면
세상 모든 소리가
자연의 소리가 아닐까 생각해 봅니다.

# 사랑은 따지지 않습니다

사랑은 따지지 않습니다.
내가 먼저 다가가든
네가 먼저 다가오든지를.

사랑은 따지지 않습니다.
내가 좀 더 많이 주든
네가 좀 더 많이 주든지를.

사랑은 따지지 않습니다.
내가 이기든
네가 이기든지를.

사랑은 따지지 않습니다.
이 고통의 원인이 나인지
이 고통의 원인이 너인지를.

그러니까 사랑입니다.
그러니까 사랑은 위대합니다.

그래서 지금 혹시라도
사랑하는 사람과의 관계에서
무엇인가를 따지고 있다면
그것은 위대한 사랑이 될 수 없습니다.

# 관통貫通

우리가 살다 보면
일을 그르칠 때가 있습니다.

사람과의 관계에서도 그르칠 때가 있고
이윤을 남기는 사업에서도 그르칠 때가 있습니다.

하지만
사업도 결국은 사람들과의 관계를 통해 이루어지기 때문에
결국 사업의 그르침은 사람과의 관계의 그르침이라 볼 수 있습니다.

그러면 이번에는 이를 거꾸로 생각해 보면
사람과의 관계를 잘 풀어 나간다면
세상만사世上萬事를 잘 풀리게 할 수도 있을 것입니다.

그래서 인생을 나름대로 잘 살려고 하는 사람들은
사람과의 관계를 중요시합니다.

하지만 사람과의 관계에서 가장 중요한 것은
상대방에 대한 무한한 사랑입니다.
그것이 없이는 절대 좋은 관계를 맺을 수 없습니다.

이 점을 꿰뚫어 봐야[관통貫通]
세상만사 모든 일을 그르치지 않습니다.

# 똥파리와의 전쟁

가끔 야외 활동을 하다가
아랫배에서 급한 신호가 오면
인적이 보이지 않는
숲 속을 주로 이용한다.

오늘도 야외 활동을 하다가
신호가 왔다.

그래서 오를 수 있는
작은 덤불을 조심스레 헤치며
숲 속으로 들어갔다.

덤불과 가시들이 있어
한발 한발 최대한 조심히 움직였다.

그리고 큰 나무를 은폐물 삼아
드디어 자리를 잡았다.

이제 돌멩이를 주워
자연의 거름으로 돌아갈
배설물들이 잘 모일 수 있도록
약간의 구멍을 팠다.

또한, 쪼그리고 앉아
몸무게를 지탱해줄 양쪽 발을 위해

약간 넓은 돌멩이를 찾아 발판을 만들었다.

이제 모든 준비가 완료되었다.
드디어 바지를 내리고
엉덩이를 노출하고
쪼그리고 앉는다.

그리고 급한 아랫배에 힘을 주어
쑥 빠져나가는 최고의 쾌감을 즐긴다.

하지만 쾌감도 잠시
어디선가 굵직굵직한 똥파리들이 날아와
구덩이 주위를 맴돈다.

아직은 두세 번 힘을 더 주어야 하는데
마음이 급해진다.
또한, 똥파리들이 구덩이가 아닌
내 엉덩이 쪽으로 올까 봐 마음도 불안해진다.

아직은 이대로 물러날 수 없어
구덩이와 엉덩이와의 간격을 벌리기 위해
안간힘을 들여 무릎에 힘을 주며 엉덩이를 조금 높게 들어 본다.

근데 이게 웬일
이번에는 어디선가 윙하며 벌이 다가오는 소리가 들린다.

아뿔싸, 무서워라!
다시 힘주는 것을 포기하고

황급히 뒷일을 마무리하고
최첨단 화장실에서 철수를 결정한다.

하지만 똥파리와의 전쟁에 질 수는 없지.
더는 똥파리들이
내 똥을 넘볼 수 없도록
주변의 흙을 이용해서 덮어 버렸다.

똥파리들 메~롱!

그리고 똥파리들과 한판 전쟁을 벌였던
역사의 현장은
특 일급비밀로 간주하여
나만이 알고 있다.

# 백 명의 사람과 백 번의 웃음

오늘
내가 즐기고 있는
스포츠 활동에 대한 대회가 있어서
많은 동호인과 만날 수 있었다.

거의 마주쳤던 사람이
대략 백 명 정도는 되는 것 같다.

그리고
그들과 마주치면서
만나는 사람마다 웃음꽃을 피웠으니
오늘 하루 웃었던 웃음이
백 번은 되는 것 같다.

비록
우리 팀의 실력이 부족하여
좋은 성과를 내진 못했지만
함께 웃고 즐긴 시간으로 인해
다시 집에 돌아올 때는
행복한 마음이 가득 차 있었다.

생각해 보니
비록 경기는 졌지만
마음은 이긴 것 같다.

# 어설픈 공부의 위험성

우리가 학창 시절에
학교 공부를 어설프게 익히면
시험에서 문제로 나왔을 때
알긴 아는데 단지 헷갈려서
종종 틀렸었던 경험들이 있을 것이다.
그러니 어설프게 익히는 공부는 조심해야 한다.

마음공부도 마찬가지다.
마음공부를 하다 보면
어느 정도 이해도 되고
나름대로 터득도 한 것처럼 느껴질 때가 있다.

하지만 그렇게 어설프게 익힌 마음공부가
내 안에만 있을 때는, 나만 다치면 그만이지만
남에게 잘못 전달될 때는, 상대에게까지 상당한 위험을 초래하기도 한다.

우리의 마음은 정말 무서운 것이어서
때로는 나를 죽일 수도 살릴 수도 있고
또한 다른 사람도 죽일 수도 살릴 수도 있는 힘이 있으니,

그러니 특히
마음공부는
어설프게 하면 안 된다.

# 예의범절 禮儀凡節

우리나라는 유교사상으로 인해
특히 예의범절을 중요시한다.

그래서 우리는
어려서부터
또는 가정에서부터
예의범절에 대해 배우고 익힌다.

이 때문에 누구든지
자라나면서, 생활하면서
예의범절을 중요시한다.

또한, 예의범절을 지키면 지킬수록
나에게 누累가 되는 일이 없다.

그것은
예의범절이
상대방에게 누가 되지 않는 방도를 설명해 놓은 것이기 때문이다.

하지만
마음공부가 깊은 사람들은
남들이 보기에는 예의범절이 없는 것처럼 보이는 행동들도
서슴없이 자행한다.

이런 서슴없는 행동들 때문에
처음에는 상대에게 예의에 어긋난 것처럼 보일 수도 있지만
나중에는 상대의 마음이 움직여 더 큰 감사를 하게 된다.

그리고 혹시라도
상대의 마음을 뛰어넘지 못할 거라면
세상살이에서 절대 예의범절을 어겨서는 안 된다.

# 나에게 주어진 권한

세상을 살며
저에게 주어진 권한은 아무것도 없습니다.

저에게는 당신을 미워할 권한도 주어져 있지 않습니다.
저에게는 당신을 시기할 권한도 주어져 있지 않습니다.
저에게는 당신을 질투할 권한도 주어져 있지 않습니다.

또한
저에게는 당신을 심판할 권한도 주어져 있지 않습니다.

단지
저에게는 오직 당신을 사랑할 권한만이 주어져 있습니다.

# 백 사람의 이야기보따리

사람은 누구에게나
자신이 살아온 이야기보따리를 가지고 있다.

그래서
한 사람을 만나 이야기를 나누다 보면
그 사람의 이야기보따리를 끊임없이 듣게 된다.

하지만
그 사람은 함부로 자신의 이야기보따리를 들려주지 않는다.
자기와 마음이 통하는 사람에게만 자신의 이야기보따리를 펼쳐 보인다.
누구나 다 자신의 이야기보따리가 소중하기 때문이다.

그리고 나는
사람들과 만나 그들의 이야기보따리 듣는 것을 좋아한다.

그래서 나는
그들의 이야기보따리를 듣기 위해서 그들의 마음과 하나가 되어 준다.

그래서 나는
백 사람의 이야기보따리를 듣기 위해서
각기 다른
그들 백 사람의 마음에 따라
나도 그들 각자의 백 개의 마음이 되어 준다.

# 의사가 의사인 이유

의사는 사람들의 건강을 보살핀다.
그렇다고 의사가 꼭 장수長壽하는 것은 아니다.

과연 자기 건강도 제대로 살피지 못하면서
사람들을 돌볼 수 있는 자격이 있을 수 있을까?

하지만
백 세 이상을 장수하시는 건강한 할아버지는
절대 다른 사람의 건강을 의사처럼 돌봐줄 수는 없는 일이다.

그래서
의사가 의사인 이유는
우리 몸의 전체적인 구조와 흐름을 모두 알고 있기에
다른 사람들을 돌봐줄 수 있는 힘이 있기 때문이다.

우리가 우리 마음을 알아야 하는 이유도 이와 비슷할 거라 생각해 본다.
나 혼자만 생활한다면
나 혼자만 화내지 않고
나 혼자만 즐거워하고
나 혼자만 행복하면 그만이다.

하지만
우리는 내 가족을 비롯하여
수많은 사람과 관계 맺으며 살아야 한다.

그래서 그 많은 사람들과의 관계에서
상처 받지 않고 내 자신을 건강하게 지키기 위해서는
내 마음이 어떻게 생겼고, 어떻게 흐르는지를
나 자신이 알고 있어야 한다.

또한,
자식을 키우는 부모이든, 배우자가 있는 결혼한 사람이든
직장에서 누군가를 이끌고 가야 하는 사람이든
그 누군가를 조금이라도 책임지고 있는 사람들은
반드시 사람들의 마음을 볼 줄 알아야 한다.
그래야 그 사람들을 건강하게 이끌어 갈 수 있기 때문이다.

# 물 위를 떠가는 종이배

누구나 어린 시절
흐르는 물에 종이배를 띄워 봤을 것이다.

하지만 종이배는
내 뜻대로
그렇게 멋지게 흘러가지는 않는다.

조금 떠내려가다가
돌에 걸리고 가장자리에 걸리고를 반복한다.

그리고 걸린 종이배는
도와주지 않으면 쉽게 물에 젖으며
점점 물속으로 가라앉고 만다.

하지만 우리는 모두
어린 시절 물속에 가라앉은 그 종이배로 인해
우리 인생을 힘들어하지는 않는다.

종이배를 띄웠을 당시에만
잠깐 신경을 써 주다가
이내 내 마음 밖으로 흘러보내 버리기 때문이다.

하지만 우리는
우리 자신에게 찾아오는 나쁜 감정들은
내 마음 밖으로 쉽게 흘러내지 못하고

오히려 내 안에 더욱더 단단하게 감싸 안아 버린다.

그리고 그 나쁜 감정을 죽을 때까지 풀지도 못하고
끙끙 앓으면서도 끝까지 끌고 가는 어리석음을 보이기도 한다.

그러니 앞으로는 나에게 찾아오는 나쁜 감정들도
물 위에 떠운 종이배처럼
내 안에 가두지 말고 그냥 유유히 흘려보내면 어떨까 싶다.

# 신비한 눈의 구조

아침 샤워를 마치고 나온
초등학교 3학년 작은아들이 사람 눈에 관해 이야기한다.

처음에는 바로 알아들을 수가 없었다.
그만큼 생소한 내용이었기 때문이다.

그래서 다시 하나하나 따져 가며 다시 물었다.

작은아들 이야기의 핵심은
우리 눈은 신비롭다는 것이다.

그리고 그렇게 생각하게 된 계기는
겉눈썹의 방향이 얼굴 바깥쪽으로 향하고 있어서
이마를 타고 흐르는 물들이 눈 속으로 들어오기 전에
얼굴 바깥쪽으로 흘러내린다는 거였다.

또한, 혹시라도 겉눈썹을 통과한 물이 있더라도
이번에는 눈꺼풀이 눈의 중앙 부분에서 약간 도톰하게 올라와 있어서
눈까지는 물이 들어오지 못하고
눈꺼풀 위에서 눈의 양쪽으로 흘러내린다는 거였다.

또한, 혹시라도 눈꺼풀을 통과한 물이 있더라도
이번에는 속눈썹이 눈의 위쪽에 자리 잡고 있으면서
눈의 앞쪽으로 쭈~욱 솟아 있어서 물도 눈의 앞으로 흘러내린다는 거였다.

정말로 흥미롭기도 하고
예리하지 못하면 정말 찾을 수 없는 생활의 발견인 듯하여
어떻게 알게 됐는지 그 연유를 물었더니
샤워하면서 거울에 비친 자신의 눈을 보고 알았다는 거였다.

정말 아들의 발견이 대단하다는 생각이 들어
이렇게 글로 남긴다.

# 닫힌 마음 안쪽의 대바늘

옛날 고대 왕국의 무덤에는
도굴을 방지하기 위하여
외부인의 침입이 있을 때
저절로 방어할 수 있는 무기들을
무덤 안에 설치하였다고 합니다.

하지만 그런
무시무시한 무기들을 우리도 가지고 있습니다.

바로 마음을 굳게 걸어 잠그고
상대방 중에 누구라도
자신의 닫힌 마음 문을 열고 들어서려고 하는 순간
나만의 강력한 무기들이 순식간에 튀어 나가도록 하는 것입니다.

근데 숨겨 놓은 무기 중에는 대바늘도 있습니다.
바로 단숨에 날아가 상대의 마음마저 쿡 찔러 버릴 수 있는
아주 무시무시한 일급 살인 무기입니다.

이런 사람은 우선 피하고 봐야 합니다.
까딱 잘못하면 목숨이 위태로울 수 있으니까요?

여러분들의 안위를 위해
이런 사람의 인상착의를 알려드리겠습니다.
우선 얼굴이 굳어 있습니다.
표정도 없습니다.

몸도 경직되어 있습니다.

무엇보다도
이런 사람과 함께 있다 보면
자기 마음이 자신도 모르게 옥죄어 오는 것을 느낄 수 있습니다.

# 미안함은 사랑의 완성

이제는 시골에서 겨우 한 뼘 농사지으시며
늙으실 대로 늙어 버리신 나이 드신 부모님

나만 아니었으면 그래도 집 한 채는 남아 있을 텐데
나만 아니었으면 그래도 전답 몇 마지기는 남아 있을 텐데
나만 아니었으면 그래도 누렁소 몇 마리는 남아 있을 텐데

내 공부만 아니었어도
내 사업만 아니었어도
내 결혼만 아니었어도

시골의 나이 드신 부모님은 그래도
추위 걱정, 끼니 걱정 정도는 하지 않으셨을 것이다.

그래도 내가 잘되었으면 좋았을 텐데
나도 겨우겨우 먹고 사는 형편이라
경제적으로나 시간적으로나
시골까지 신경 쓸 겨를이 없다.

그저 죄스러운 마음뿐이다.

근데 가끔 부모님 목소리가 그리워
늦은 밤, 술 한잔 마시고 전화할 때면
항상 부모님은 말씀하신다.

더 해 주지 못해 미안하다고.

그런 말을 들을 때면
마음속에 닭똥 같은 눈물이 소리 없이 흘러내리지만
이보다 더 큰 사랑은 없을 것 같다는 마음에
괜히 마음 한쪽에서는 다시 무한한 행복의 기운이 피어난다.

어쩌면
늦은 밤
죄스러우면서도
세상살이 힘든 마음 위로받고 싶어서
시골 부모님께 전화했는지도 모르겠다.

아무래도
모든 사랑을 이미 주었는데도
더 많은 사랑을 주지 못함을 미안해할 때
바로 이것이 사랑의 완성이 아닐지 살며시 눈을 감아 본다.

# 하루를 마치는 기도

오늘 하루를 마치며
더 많은 사람을 안아 주지 못해
안타까운 마음입니다.

오늘 하루를 마치며
더 많은 사람에게 힘을 주지 못해
안타까운 마음입니다.

오늘 하루를 마치며
더 많은 사람의 마음을 풀어 주지 못해
안타까운 마음입니다.

그래서
눕기 전까지라도
눈 감기 전까지라도
더 많은 사람을
안아 줄 수 있고
힘을 줄 수 있고
마음을 풀어 줄 수 있도록
더욱더
저 자신을 갈고 닦겠습니다.

# 푸는 데까지는 풀어야지

시험시간
일찍 포기해 버리고 책상에 엎드린 한 학생에게
선생님의 한마디가 울려 퍼진다.

포기하면 안 돼
푸는 데까지는 풀어야지.

그렇다. 그게 인생이다.
인생은 아무도 어떻게 될지 모른다.
그러니 푸는 데까지는 풀어야 한다.

한 걸음만 더 나아가면 바로 행복의 열차를 탈 수도 있을 텐데
다들 보면 꼭 한 걸음을 못 가서 인생의 큰 것을 놓칠 때가 많다.

우리의 마음도 어디까지 풀어야 할지
또는 우리의 마음을 어디까지 보아야 할지
아무도 모른다.
하지만 분명 우리 인생의 답은
그곳에 있다.

그곳이 맞을지 틀릴지는
가 보지 않은 사람은 아무도 모른다.
그래도
푸는 데까지는 풀어야 한다.
그것이 인생이다.

# 살 떨리는 이야기

우리가 등산할 때
가끔 정상이라 믿었던 산이
정상이 아니라 전혀 다른 곳일 때
먼저 간 사람이
저 밑에서 따라 올라오는 일행에게
한마디 외치는 소리가 들린다.

"이 산이 아닌가 봐~!"

그럴 때 우리는 절망감을 느낀다.
하지만 까짓것, 그거 다시 오르면 되지 뭐.
훌훌 털어 내고 다시 시작한다.
산을 오르고 내리는 데는 그리 많은 시간이 걸리는 것이 아니기 때문이다.

하지만
어떤 한 사람이
어느 날
내 앞에 홀연히 나타나더니
한평생 내가 믿고 의지하며 몸담았던
그래서 이 길로만 걸어왔던
바로 그 길이
'전혀 아니다'라고 말할 때
나는 살이 떨린다.

더욱이, 그 이야기를 좀 더 듣고 있노라니
왠지 내 마음 한쪽에서 점점 그 말이 맞을 수도 있다는 느낌이 꿈틀거릴 때
또한 그 말을 한 사람의 눈빛이 강렬하게 빛나는 것이 진실처럼 느껴질 때
나는 살이 떨린다.

인생을 이제 마무리할 때인데
내가 왔던 그 길이 인생의 참 길이 아니라니
그럼 나는 이제 어떻게 해야 한단 말인가?
생각하면 생각할수록 살이 떨린다.

하지만 가장 무섭게 살 떨리는 것은
그 사람의 그 말이 맞을 수도 있다는 것이
내 마음에서 꿈틀꿈틀 느껴지는데
끝까지 꿈틀거리는 내 느낌을 나 스스로 거부하며
내 길이 옳다고 발버둥 치며 열변을 토하고 있는
내 자신을 나 스스로 보고 있는 일이다.

그리고 그 사람과 헤어져
나만의 공간에 나 혼자 있을 때
그 사람의 눈빛과 말들이
다시 떠오를 때
소스라칠 정도로 살이 떨린다.

# 펜(Pen)과의 약속

길을 가다 갑자기 시상이 떠올라
적을 것이 필요했다.

다행히 길 근처에서
버려진 종잇조각은 찾았지만
펜이 궁窮하다.

급한 마음에
길 위에서 바로 만난 한 분에게
펜이 있는지를 여쭈었다.

그분은
지금은 갖고 있지 않지만 잠시만 기다리시면
저기 옆의 자기 집에 들어가
펜을 가져다주신다고 하셨다.

그래서 이렇게 이 글을 쓰고 있다.

그리고 헤어지면서
그 빌렸던 펜(Pen)은 사용한 후에
살며시 대문에 꽂아 놓고 간다고 약속하였다.

또한, 혹시라도 이 글이 책으로 나오게 된다면
펜(Pen)을 기꺼이 내어주신 감사함을 마음에 담아
책 한 권 고이 접어 그분의 대문에 꽂아드리겠다고도 약속하였다.

# 종교와 마음

우리 모두에게는 마음이 있다.
누군가를 사랑하는 마음이든
누군가를 미워하는 마음이든
우리 안에 마음이 있는 것은 확실하다.

또한, 우리 마음에는 사랑과 미움 이외에도 믿음이 있다.
종교에 대해 믿음도 있고
내가 믿고 있는 종교의 절대자인 바로 그분이
우리에게 꼭 오실 거라는 믿음도 있다.

다시 생각해 보면
종교를 믿는 것도 내 마음에서 하는 것이요.
내가 믿는 그분이 꼭 오실 거라고 믿는 것도 내 마음에서 하는 것이다.

다시 또 생각해 보면
눈에는 보이지는 않지만
절대적으로 존재하는 종교의 절대자를 믿는 것도 또한
바로 믿음이 자리하고 있는 마음에서 이루어지는 것이다.

그러니
종교인들은 일반인들보다
더욱더 마음을 잘 살펴야 한다.

# 그곳에서 그분이 말씀하신 한 가지

그곳에 그분은 이미 계셨다.
그곳에서 그분은 한 가지를 말씀하셨다.
그리고 세상의 모든 아픔을 한 몸에 짊어지시고 젊은 나이에 올라가셨다.
그래서 지금도 세상의 수많은 사람이 그분을 믿고 따른다.

혹시 늙고 병들어 가고 숨이 멈춰 버리는 나약한 인간의 몸으로 나오신
인간적인 그분을 믿는 사람도 있을 수 있다.
하지만 대부분의 사람은 그분이 보여 주신
인간 이상의 그 무한한 능력을 온전히 믿고 따르는 것 같다.

그분의 말씀이 곧 그분의 인간적인 삶이었고, 그분의 인간적인 삶 자체가
신이었다. 또한, 그 모든 중심에 그분의 말씀이 남아 있다.

하지만 그분의 인간적인 모습이든, 신적인 모습이든, 그분의 말씀이든, 또
는 그 다른 모습이든, 나누어 믿고 따르든, 그중의 한 가지를 믿고 따르든,
그 모든 것을 믿고 따르든 그것은, 믿고 따르는 사람들의 몫이다.

하지만 이것만은 분명하고, 이것만은 오직 한 가지이다.

그분은 "네 이웃을 사랑하라"고 말씀하셨고
세상에 대한 이웃 사랑을 몸소 보여 주셨다는 것이다.
그리고 바로 그분이
우리 인류가 그렇게 기다려 왔던 바로 그분이라는 것이다.

하지만 우리는 그분이 그렇게 자신의 몸을 바치면서까지

말씀하셨던 바로 그 말씀
'네 이웃을 사랑하라!'에 대해
얼마나 실천하며 사는 걸까?

그리고 그분의 네 이웃은
한 건물 안에서 같은 믿음으로 모인 사람뿐만이 아니라
또한 옆집에 사는 두세 집의 이웃뿐만이 아니라
이 세상 모든 사람을 이웃이라 말씀하신 것이다.

그러니 그분을 믿는다면
내 이웃에 대한 사랑을 반드시 실천해야 한다.
혹시라도 그분을 믿지 않더라도
우리가 세상을 살며
내 이웃에 대한 사랑을 실천한다면
누구라도 세상을 행복하게 살 수 있을 것이다.

그것이 그분이 우리에게 주신 가장 중요한 말씀이기 때문이다.

더욱더 중요한 것은
그분이 아닌 또 다른 그 누군가가 계셨더라도
또는 우리를 이끌어 줄 그 누군가도 단 한 사람도 없었더라도
우리 마음을 혼란하게 만들고 있는
그래서 호환 마마보다도 더 무섭게 우리를 괴롭히고 있는
다른 사람에 대한 미움, 시기, 질투 같은 것을 하라고 한 적은
단 한 사람도 권장하지는 않았을 거라 믿고 싶다.

# 금강산 만물상萬物相

금강산에는
여러 가지 물체의 형상을 닮은
만물상이라는 바위산이 있습니다.

공장에서 찍어내지 않는 이상
길고 긴 세월
그 바위들을 지나갔던
비와 바람과 구름의 다재다능한 조각 실력으로 인해
각기 다 다른 모습인 만물의 모습을 지녔을 것입니다.

우리에게도
우리를 스쳐 지나갔던
비와 바람과 구름이 각기 다 달랐기에
우리 마음도 각기 다 다르고
그에 따라 우리 얼굴도 각기 다른가 봅니다.

이렇듯
만 가지 이상의 마음으로 살아가는 것이
우리 인생사인데
어찌 다른 사람 생각이 내 생각과 똑같기를 바라겠습니까?

그저 사랑하는 마음으로
상대방의 마음을 먼저 이해해 주고 헤아려 주는 마음만 있을 뿐.

# 세상 모든 사람이 '갑'

육십갑자의 위 단위를 이루는 요소인
천간天干은
갑甲부터 시작해서 계癸로 끝난다.

그 천간 중에서 첫 번째인 갑을 써서
남보다 위에 있다는 뜻으로 '갑'이라 칭하기도 한다.

하지만 세상 모든 사람은
자기 자신을 갑이라 생각하며 살고 있다.
물질이야, 직위야 높낮이가 분명히 있겠지만
자기가 잘났다고 생각할 때는
모두가 자기 자신을 '갑'으로 생각하는 것이다.

하지만
마음의 평온은 자기를 낮게 생각할수록 더 많이 찾아온다고 믿는다면
오히려 갑보다는 병, 병보다는 을이 좋을 것이다.

그리고
진정 마음의 평온을 누리고 싶다면
자기 자신을 천간의 마지막인 '계'처럼 낮게 여겨야 한다.

그리고
영원한 마음의 평온을 누리고 싶다면
아예 자기 자신을 천간에도 들지 못하는 '똥개 꿀꿀이 돼지 멍청이'로 생
각해야 한다.

# 유쾌한 농담

퇴근 길가에 통닭구이 장사 차량이 시선을 빨아들이고 있다.
집에 있는 아이들 생각에 차를 잠시 멈춰 세우고
지갑을 손에 챙겨 들고 장사 차량으로 다가간다.

장사하시는 사장님은 본능적으로 손님이 다가옴을 알아차리시고
제품 진열장 문을 열고, 이내 포장 준비를 하려고 한다.

하지만 다가온 손님은 엉뚱한 한마디를 꺼낸다.
"실례지만, 버스터미널 가려면 어디로 가야 하나요?"

순간 사장님은 포장하려던 일을 멈추고
순식간에 얼어 버린 후 말문이 막히고
빤히 손님을 멀뚱멀뚱 쳐다보기만 한다.

그러기를 잠시, 그리고 찰나 후에
손님의 두 번째 말이 터져 나온다.
"이상했죠?
 피곤하신 것 같아 한 번 웃으시라고 농담한 거예요.
 통닭 두 마리 포장해 주세요.
 지난번에 먹고 아이들이 맛있다고 하네요."

이내 주인은 큰 웃음을 보이며
더욱더 힘찬 모습으로 바지런히 통닭을 포장하신다.

그리고 손님의 세 번째 말이 터져 나온다.

"제가 웃겨 드렸으니까, 100원만 깎아 주세요!"

이내 주인은 연거푸 웃으시며
100원 대신 통닭 소스를 서비스로 하나 더 넣어 주신다.

# 빈틈

갈수록 물이 귀해져
이제는 여기저기 큰 댐들이 많이 생겨났다.

그리고 그 댐들은 큰물을 꽉 막기 위해서
단단하게 높이 솟아 있는 막대한 댐을 쌓아올렸다.

이제 댐 안의 잔잔한 물은 생각지 마시고
그냥 높이 솟아 있는 바로 그 댐만 생각해 보세요?
혹시 답답하지 않으신가요?

그런 일이 절대 생기면 안 되겠지만
만약에 그 댐의 한가운데에서 빈틈이 생겨
그 사이로 시원한 물줄기가 분수처럼 길게 뿜어져 나온다면
얼마나 시원한 느낌이 들까요?

나에게 또는 내 주위에도 시원한 물줄기가 분수처럼 뿜어져 나올 수 있도
록 빈틈을 주세요.
너무 꽉 막혀 있으면 마음은 숨을 쉴 수가 없습니다.

또한, 1시간 내내 계속 떠들지도 마세요.
24시간 내내 계속 일하지도 마세요.
1년 내내 계속 앞만 보지 마세요.

빈틈을 주어 시원하게 하고
빈틈을 주어 여유를 느끼게 하고

빈틈을 주어 삶의 의미를 느끼며 살 수 있도록 해 주세요.

그리고 이 글을 읽고 있는 여러분도
지금 바로 틈을 내어 싱그러운 대자연에 잠깐 눈을 돌려 보세요.
이 세상 모두는 바로 당신을 위해 존재하고 있습니다.

또한, 여러분 마음도
여러분 자신의 생각으로만 가득 채우지 마세요.
너무 답답합니다. 꽉 막힌 사람 같습니다.
남이 들어올 수 있도록 틈을 내어 주세요.

# 낙엽은 나를 위해 떨어지지 않는다

떨어지면 땅에 뒹굴며
금방 으깨어지는 그 하찮은 낙엽도
나를 위해 기다리면서 떨어지는 것이 아니다.
그냥 자기가 떨어지고 싶을 때 떨어지는 것이다.

내가 낙엽에게 온갖 예쁜 짓을 하여도
내가 낙엽에게 아주 멋지게 뽐내고 있어도
낙엽은 자기 생각이 항상 우선이고
낙엽은 자기가 싫으면 그만이다.

지금 보니 세상도 그런 것 같다.
내가 똑똑하다 뽐내도
내가 멋지다고 자랑하여도
내가 능력 있다고 으스대도
상대가 나를 싫어하면 그냥 싫은 것이다.

여기에서 세상 사람들 대부분은
상대가 나를 알아주지 않는다고
오히려 상대에 대해 서운해하고, 미워하는 마음을 쌓는 것 같다.

만약에 상대가 나를 싫어하여도
내가 상대의 마음에 내가 들어가기를 원한다면
더 큰, 엄청난 노력을 기울인다면 가능할 수도 있겠다.

하지만 사람의 마음 얻기란 여간 어려운 일이 아니다.

혹시라도 내 주위 사람 몇 명의 마음만 얻으려고 해도
인생 대부분을 전심으로 투자해야 할지도 모른다.

그러니 상대를 그냥 있는 그대로 인정하면 어떨까?
상대가 나를 좋아하지 않을 정도로
나는 그냥 그런 사람이라고.

그렇게 나 자신을 인정하고, 겸손해지고, 솔직해지면
오히려 그런 모습에 상대가 다가올지도 모를 일이다.

또한, 모든 낙엽이 나를 위해 떨어지지는 않지만
나를 비우고 다가가면, 그중에 하나는 나를 위해 떨어지고 있을지도 모른다.

또한, 세상은
백두대간의 그 수많은 산들에서 떨어지는 낙엽들 중에서
나와 눈 맞은 낙엽 하나만 있어도
충분히 아름다운 것이 인생이지 싶다.

# 무조건 열심히 한 것이 최고

저는 이 글을 쓰기 몇 년 전까지는 뭐든지 열심히 하였습니다.
특히 직장에서는
최고라는 수식어가 따라다닐 정도로 열심히 하였습니다.

해야 하는 일 있으면
새벽에라도 나 혼자 일찍 출근하여 일을 시작했고
밤늦게까지라도 남아서 완벽하게 마무리하였습니다.
또한, 남은 일이 있으면 집에라도 가져와 새벽까지라도 열심히 하였습니다.

하지만 이제 이 글을 쓰면서
제가 얼마나 부족했는지 느끼고 있습니다.

제가 열심히 한다는 것은, 혹시라도 제 주위 동료들의 기회를 박탈한 것
은 아닌지
제가 열심히 하면서, 괜히 제 주위 동료들이 나처럼 열심히 일해 주지 않
는 것에 대해 그들을 미워하지는 않았는지
혹시 제가 열심히 일한 것은, 내가 최고라는 것을 과시하고 싶어서였는지
는 아닌지 이제야 제 과욕을 반성하고 있습니다.

어찌 보면 나 혼자 열심히 하려는 마음에는
혹시라도 남을 업신여길 수 있는 자만이라는 무서운 놈이
내 안에 있지 않았나, 또한, 반성해 봅니다.

그래서 지금은
다른 동료 직원들에게 열심히 자신들을 드러낼 기회를 주기 위해

한 발짝 물러나서 그늘진 일에 조용히 매달리며 그들을 응원하고 있습니다.

근데 가끔 제 젊은 시절처럼
앞 뒤 안 가리고 무조건 열심히 한 것이 최고인 줄 알고
막 먼저 달려가는 후배들을 보면, 마음이 아플 때가 많아집니다.

하지만 제가 도울 수도 없습니다.
그 후배도 제가 젊었을 때처럼
그 어떤 선배들이 이야기를 해 줘도
무조건 자기 방식과 관점이 100% 옳다고 생각할 테니까요!

# 혹시 제 소리 들리시나요?


어린 시절 시골집 방 안에서
가만히 누워 들었었던
처마에서 뚝뚝 떨어지는
한밤의 빗방울 소리가
지금도 들리시나요?

어린 시절 추석 성묘를 위해
들판의 논길 사이를 걸어가며
손으로 만지면 바스락거렸던
잘 익은 벼 이삭 소리가
지금도 들리시나요?

그리고 지금
제가 이 글을 쓰며
아무 말없이 온 마음을 다해 전하고 있는
제 마음 안의 소리가
지금도 들리시나요?

말하지 마세요.
누가 물어보기 전에는 말하지 마세요.
바람 소리, 새소리, 물소리, 그리고 사람 소리 그냥 듣기만 해 보세요.
내가 떠드는 동안
듣지 못하고 그냥 내 곁을 맴돌다 지나쳐 버린
미칠 듯이 아름다운 수많은 소리들이
여러분 마음을 가득 채워 주리라 믿습니다.

# 빨리 서두르세요

혹시
다음 중의 하나라도 해당한다면
빨리 서두르셔야 합니다.

만약
시기를 놓친다면
그 이후 여러분의 인생에
어떤 일이 닥칠지는 저도 모르는 일입니다.

그럼 다음 내용을 살펴보세요.

나는 누군가를 미워하고 있다.
나는 가끔 허전할 때가 있다.
나는 나 자신이 싫을 때가 있다.
나는 누군가를 원망하고 있다.
나는 세상살이에 재미를 못 느끼고 있다.
나는 삶의 의욕이 별로 없다.
나는 내가 못난이라고 생각한다.
나는 내가 잘났다고 생각한다.
…….

혹시 한 가지라도 본인에 해당하는 부분이 있다면
이 모든 것의 시작과 끝은 마음이기 때문에
어서 빨리 내 마음을
찾고, 보고, 아는 것을 서두르셔야 합니다.

# 첩첩산중 疊疊山中

요즘은 우리나라 도로 건설 실력이 일취월장(日就月將)입니다.
특히 주말에 고속도로를 달리다 보면 저절로 감탄이 터져 나올 정도로
들 위에 세워진 고속도로는, 엄청나게 높은 교각들이 멋들어지게 받치고
있고
산 위에 세워진 고속도로는, 아름드리 터널들이 형형색색으로 이어져 있습
니다.

그래서 요즘 새로 생기는 고속도로들은 반듯하게 잘 뚫려 있고
또한 달리다 보면 어느새 산중에 있는 것도 쉽게 볼 수도 있습니다.

그래서 굳이 지리산 천왕봉을 오르지 않아도
산중에 뚫린 고속도로를 달리다 보면
산 뒤에 또 산이 있고, 또 그 산 뒤에 산이 있는
첩첩산중의 매력을 차 안에서도 쉽게 감상할 수도 있습니다.

첩첩산중(疊疊山中)
끝이 없이 펼쳐져 있는 산등성이들
그 자체만으로도 매혹적이지만
간혹 안개라도 깔렸으면
그 자체가 지상의 세상을 뛰어넘는 또 다른 세상을 펼쳐 보입니다.

그리고 저는
저기 저 첩첩산중의 산 중에
우리가 기나긴 인생의 항해에서 올라야 할
최고봉의 산이 있다고 봅니다.

하지만 또한 저는
저기 저 매혹적인 첩첩산중만큼이나
사람들의 마음 또한 첩첩산중처럼 닫혀 있는 것 같아서
마음 한쪽이 아련하게 아파 옵니다.

특히 아직 인생의 산 하나도 제대로 오르지 못한 사람들은
최고봉의 산으로 안내하기가 쉽지만
이미 자신의 잣대로 최고봉의 산을 올랐다고 자신하는 사람들은
최고봉의 산으로 안내하기도 어렵고
또한, 최고봉의 산이 다른 산이라고 말해 주기는 더욱더 어려운 일임을 느
끼고 있습니다.

첩첩산중에서 최고봉을 이미 올랐다고 자신하는
그 사람들은
자신의 인생철학이 분명한 사람들입니다.
그리고 그 사람들은
자신이 갈고 닦은 인생의 지식이 풍부하다고 자신하는 사람들입니다.
특히나 그 사람들은
자신이 가고 있는 길이 인생의 정답임을 자신하고 있는 사람들입니다.

하지만
그 사람들이 진정 최고봉의 산을 올랐을 수도 있으니
제가 그 산을 설명해 드리겠습니다.
혹시 여러분도 그 산을 올랐을 수도 있으니
한번 여러분이 지금까지 살아오며 쌓아 올린 인생의 산을

비추어 보셔도 좋을 듯싶습니다.

우리가 인생을 살며 올라야 할
첩첩산중疊疊山中의 최고봉의 산은
우선 우리의 눈으로는 절대 볼 수 없는 산입니다.
하지만 일단 오르고 나면
매 순간에 세상 모든 행복이 시시각각 내 마음에 가득 채우기를 쉼이 없고
어떤 세상사의 출렁임이 다가와도 전혀 흔들림이 없이 내 마음이 평온하고
또한, 항상 얼굴에 미소가 있으며
가끔 소리 내어 웃는 웃음은 통쾌하기 그지없습니다.

혹시 여러분이 오른 산에서 이와 같은 것을 느끼셨는지요?
만약 이것을 못 느끼셨다면
이제라도 자신이 인생을 살아오며 쌓아 올린 최고봉의 산을
어서 빨리 내려오셔야 합니다.
그리고 절대 자신이 최고봉의 산을 올랐다고 자신하면 안 됩니다.
그래야 여러분을 사랑하는 그 누군가가 나타나서
진정 최고봉의 산으로 안내할 수도 있으니까요.
또한, 좋은 글들과 좋은 음악들이 여러분을 그 산으로 안내할 수도 있으
니까요?

하지만 인생은
여기에서 끝이 아닙니다.

최고봉의 산을 올랐다면
그냥 그것으로 끝이라는 것을 아셔야 끝이 나고
또한, 다시 산 아래로 내려와
세상살이에 다시 부대끼며

평범하게 살아가는 그 자체가 최고봉임을 아셔야 합니다.

그러니 나 자신이 쌓아 올린 지식의 산이나, 명예의 산이나, 부의 산이나
그 모든 것이 얼마나 하찮고 보잘것없는지를 아셔야 합니다.

그러니 진정 첩첩산중의 최고봉을 최소한 맛이라도 보고 싶으시다면
나 자신의 지식이나 명예나 부를 내려놓고
다른 사람 중에 나 자신을 안내할 자가 누구인지
항상 귀를 기울이셔야 합니다.

이렇게 이런 과정 모든 것을 다 아시고
그런 후에 교만하지 않고 자만하지 않고
나를 낮추며
내가 해야 할 일, 내가 책임지고 있는 일
착실하게 해 나가며
가끔 달력에 빨간 날 찾아왔을 때
오순도순 가족들과 함께
고속도로를 달리다가
저기 저 보이는 첩첩산중을
가만히 보고 있노라면
그제야
첩첩산중에서 최고봉의 산이 살포시 보일 수도 있습니다.

그리고 만약에
눈으로는 절대 보이지 않는 그 최고봉의 산을
여러분이 진정 보셨다면
여러분은 인생의 첩첩산중에서
이미 최고봉의 산을 오르신 겁니다.

그리고 그대는
이미 하루에도 여러 차례
그 첩첩산중의 최고봉의 산을
아무도 모르게 소리 소문 없이
자유자재로 오르내리고 있을 것입니다.

## 🔍 내 마음 들여다보기

● 책을 읽기 전과 후의 내 마음을 들여다보고, 이 책을 읽으며 내 마음이 어떻게 움직이는지를 살펴보세요.

**질 문 1** 현재 나는 행복한가요? ( 예 / 아니오 )

**질 문 2** 현재 나의 행복 점수는 몇 점 정도일까요? (          점)

**질 문 3** 현재 나는 평온한가요? ( 예 / 아니오 )

**질 문 4** 현재 나의 평온한 상태를 나타내는 말들을 적어 보세요.
(예) 불안하다, 초조하다, 긴장감이 있다, 호수처럼 잔잔하다 등등

**그   림** 현재 나의 마음 상태를 그림으로 표현해 보세요.

# 부록

---

200편의 글을 보시고

또 다른 몇 편의 글을 통해 좀 더 도움을 받으실 분들이 계실지도 몰라서

출간 중에 쓴 글 5편을 부록으로 싣습니다.

# 쌓이는 고통과 풀리는 고통

우리가 인생을 살며
매일같이 수많은 감정이
내 안에 들어옵니다.

그 감정 중에는
좋은 감정도 있고, 나쁜 감정도 있습니다.

하지만 나쁜 감정 중에서
바로 내 밖으로 빠져나가지 못하고
내 안에 쌓인 것들이 있습니다.

그리고 그런 나쁜 감정이
쌓이고 또 쌓이고를 반복하여
거대한 나쁜 지층을 이루어
그 거대한 나쁜 지층의 가장 밑바닥에 있으면서
그 엄청난 무게를 감당하고 있는
진짜 내 마음이 있습니다.

그렇게 나쁜 감정이
내 안에 쌓일 때마다
나에겐 큰 고통이었습니다.
하지만 그 모든 고통을 참아 내며
여기까지 살아왔습니다.

하지만 더는
엄청나게 높은 지층처럼 쌓여 버린 내 나쁜 감정의 덩어리들을
견뎌낼 수 없을 것 같습니다.
너무 답답하고 허전하고, 이제는 몸마저 망가져 갑니다.

이제는 그만 그 지층을 벗겨 내고 싶습니다.
그래서 내 안에 쌓은 나쁜 감정을 모조리 풀어내고 싶습니다.

하지만
나쁜 감정들이 쌓이며 제가 받은 고통만큼이나
쌓인 감정을 풀어내는 고통 또한 엄청나다는 것을
이제야 조금씩 실감하고 있습니다.
그래도 푸는 과정에서 어떠한 고통이 따르더라도
이제는 꼭 풀어내고 싶습니다.

# 그냥 스쳐 지나가는 우리

우리는
오늘 하루를 살면서 수많은 것들을 봤습니다.
또 수많은 것들을 만났습니다.

또 우리는 지금까지
인생이라는 큰 항해 속에서
많은 사람도 만났습니다.

그럼 지금 잠깐
눈을 감고 가만히 생각해 보세요.
지금까지 내가 보고 만났던 것들이나 사람 중에
내 마음에 그 무엇이, 그 누가 남아 있는지를.

혹시라도 남아 있는 것들이나 남아 있는 사람이 별로 없다면
그것은 내가 마음을 주지 않았기 때문입니다.

이렇게 우리는
잠깐 만나는 것들에 대해
잠깐 만났다 헤어지는 사람들에 대해
마음을 주지 않고 그냥 스치듯이 지나쳐 버립니다.

그것은 내가 마음을 줘 본 적이 없으므로, 못 준 것일 수도 있고
또한, 내가 상대에게 마음을 받아 본 적이 없으므로, 못 준 것일 수도 있습니다.

그래서 우리는 그냥 이렇게 스쳐 지나가는 것을
오히려 더 익숙하게 받아들입니다.

그래서 이제는 그 누가 마음을 주려고 다가오면
오히려 더 이상하고 불편해합니다.

그냥 잠시 만났다 헤어지면
금세 잊어버리는 사이가 될 터이니
상대방에게 큰 불편만 주지 않으며
그냥 서로 가볍게 지내는 것을
오히려 더욱 자연스럽고 편하게 느끼고 있는 것입니다.

그리고 우리는 이것을
서로 마음 편하고 가볍게 산다고 말하고 있습니다.

이렇게 우리는 모든 세상에 마음을 닫아왔습니다.

하지만 이제는 모든 세상에 마음을 열어 보세요.
매일 지나가며 보이는 길가의 작은 풀 하나에도
매일 따사로움을 아낌없이 선사하는 해님에게도
매일 만나는 동네 골목의 멍멍이 백구에게도
매일 만나는 나의 모든 주변 사람들에게도
또한, 이 세상 모든 만물에도 내 마음을 열어 보세요.

내 마음을 열어 주는 순간

내 마음을 받은 그 상대방은 뜨거운 사랑의 열기를 품고
순식간에 날아와, 내 온 마음을 가득 채워 버립니다.

만약에 마음을 여는 행복이 이러하다면
어찌 내가 스쳐 지나가는 모든 것들을 그냥 스쳐 보낼 수 있겠습니까?

그리고 상대에게 마음을 준다는 것은
결코 큰 것이 아닙니다.
그저 내 마음만 열어 놓으면
나머지는 상대가 와서 채워 주기도 하고
내 안의 것을 함께 나누기 위해 가져가기도 하고
그렇게 자연스럽게 마음을 주고받게 됩니다.

# 저 깊은 곳에 있는 마음

가끔 주위에서
제 글을 본 사람 중에
저를 위한다는 마음으로
글이 너무 무겁다고 말해 주는 이들이 있습니다.

그래서 그 연유를 물어보면
저 깊은 곳에 있는 마음에만
너무 많이 신경을 쓴다는 겁니다.

그러면서 머리 안 아프냐며
그냥 마음이다 뭐다 너무 따지지 말고 가볍게 살라고 합니다.

정말 그럴듯한 논리論理입니다.
또한, 대부분 사람은 이런 식으로 살고 있을 겁니다.

하지만 절대 마음은
저 깊은 곳에 있지 않습니다.

물론 마음을 찾으러 갈 때는
천 길 낭떠러지보다도 더 깊은 곳에 있을 수 있습니다.
태평양 마리아나 해구의 저 밑바닥에 있을 수도 있습니다.

하지만 일단 마음을 찾고 나면
그때부터 마음은 하늘의 솜털 구름보다 훨씬 더 가볍게
순식간에 지구를 일곱 바퀴 반이나 돌아 버리는 빛보다도 더 빠르게

내 안과 밖을 수시로 드나들며
나에게 평온과 행복을 끊임없이 채워 줍니다.

이것보다 더 가볍게 사는 방법이 어디 있을까요?
이것보다 더 가벼운 마음이 어디 있을까요?
그 누가 마음을 무겁다 말할 수 있을까요?

그리고 아마도 마음을 무거운 존재로 보는 사람이 있다면
그것은 그 사람 안에 있는 자기 마음이 무겁기 때문일 것입니다.

# 화를 다스리는 세 가지 지혜

우리는 누구나 살다 보면 화나는 일을 겪는 것 같습니다.
또한, 그 화를 다 풀지 못하고 살기 때문에
그 화를 내 안에 가지고 있는 경우도 많은 것 같습니다.

하지만
여러분도 아시겠지만
화를 참으면 그 화가 내 육체적인 몸까지 망가뜨립니다.
내 머리를 터질 정도로 아프게도 하고
목을 깁스한 것처럼 뻐근하게 굳게도 만들고
아무리 조금만 먹어도 소화도 안 되고 항상 더부룩하게도 합니다.

이러니
화를 풀어야겠죠!

제가 화를 다스리는 세 가지 지혜를
알려드리겠습니다.

첫째, 가장 빠른 방법은
그 화를 만들게 한 당사자에게
직접 화를 퍼붓는 것입니다.

상대에게 직접 찾아가 따져도 되고
상대에게 직접 찾아가 쌍욕을 퍼부어도 됩니다.
만약 그러면 정말 속 시원하겠죠?

둘째, 그다음 방법은
그 화를 내가 스스로
적절히 풀어내는 것입니다.

고된 시집살이에 힘들어했던 며느리들은
빨래하며 시어머니 옷에다가 엄청난 빨래 방망이질을 퍼붓기도 하고
기분 나쁘게 무시하며 반말하는 손님에게 종업원들은 주문 음식 내가며
침을 한 번 뱉기도 하고
아니면 오뚝이 샌드백 집 안에 하나 들여 놓고 연신 발차기 주먹 지르기
를 해도 되겠습니다.
또한, 그 화에 대해서 다른 사람과 수다 떨며 풀어내는 방법도 있습니다.

셋째, 그다음 마지막 방법은
그 화를 밖으로 보내지 않고
내 안에서 참아 내는 것입니다.

정말 대단한 참을성 있는 분이 아니고서는 쉽지 않은 방법입니다.
하지만 뒤탈이 전혀 없는 방법이기도 하죠.
이를 가능하게 하는 것은
상대를 아예 상대 못 할 사람이나 수준 낮은 사람이라 무시해 버리거나
아니면 자기 자신은 그 정도 사람의 언행에 대해 흔들릴 정도의 사람이
아니라는 식의 생각을 하는 것입니다.

만약 첫째와 같은 방법처럼
나를 화나게 했던 당사자에게 직접 가서, 나도 똑같이 화를 낸다면
결국 그 화는 점점 더 커지게 되고, 다시 또 나에게 더 큰 화가 돌아올 것
입니다.
그러니 아무리 가장 빠르게 화를 풀 수 있다고 하여도 그냥 참는 것이 삶

의 지혜죠.

또한, 둘째와 같은 방법처럼
화를 나 스스로 풀어낸다고 하여도, 그런 행동을 하기 위해서는
나 스스로 거친 행동들을 표출해야 하니, 얌전한 삶의 자세에 어긋날 수
도 있는 일이죠.
그러니 그냥 그 화를 내 안에 가두고 참는 것이
화를 다스리는 가장 좋은 삶의 지혜인 듯합니다.

하지만 이렇게 화를 참게 되면
그 화는 내 안에서 점점 압축되게 되고
결국 그 화가 쌓이고 싸이다가
어느 순간, 정말 한순간에
그 최고조로 응축된 화 덩어리에 도화선이 될 만한 작은 불씨를 만나게
된다면
평생 처음 보게 되는 그 사람의 불타는 모습을 보게 될 수도 있습니다.
물론 그런 불타는 모습은 자신도 처음 보는 광경이요, 주위에서도 처음 보
는 광경이 될 것입니다.
그리고 그 핵폭탄처럼 터진 화는 절대 쉽게 사그라지지도 않습니다.
그 화를 참아 온 세월만큼이나 그렇게 오랫동안 그 모두를 분출해야 합니다.

그러니 지금 겉으로는 화내지 않고 그냥 웃으며 잘 참아 주는 사람이 있
다고 해도
그것은 그저 좋은 일이 아니고, 내가 그 사람을 잘 만난 것이 아닙니다.
그 사람은 모든 화를 참아 내며, 자신도 모르게 핵폭탄의 응축 과정을 겪
고 있을 뿐입니다.

이제 화를 다스리는 세 가지 지혜를 모두 보여드렸습니다.

과연 여러분의 선택은 무엇입니까?

그래도 제가 권하는 방법은

오뚝이 샌드백을 두들기거나 시어머니 옷에다 빨랫방망이질 하는 정도가
그나마 좋을 듯싶습니다.

수다 떠는 방법이 부드럽긴 한데

그 사람은 나중에 말이 많은 사람, 뒷소리를 잘하는 사람으로 낙인찍힐
수도 있는 일입니다.

아니면 혹시라도 뒷소리하며 남 흉 잘 보는 사람이라 찍히는 것이 걱정되
신다면

대나무 숲에 가서 대나무를 의지하여, 아니면 달님에게, 아니면 별님에게
의지하여

그 화를 풀어내는 방법도 있을 수 있겠습니다.

대신 바람 부는 날은 그 화의 소리가 다시 내 귀에 들리지 않나 경계해야
합니다.

대나무도 그 화를 갖고 있기가 힘들어, 바람이 불면 바람결에 그 화를 날
려 버리기 때문입니다.

물론 달님과 별님에게 의지한 사람은 달빛과 별빛을 경계해야 하고요.


또한 상대를 무시하고 나를 높여 화를 참아 내는 방법은

가장 그럴싸하게 보이는 방법이고

가장 지혜로운 방법처럼 보일 수도 있겠습니다.

하지만 이런 경우에는 자기의 자존감이 점점 강해져

결국 내 마음을 철옹성으로 감싸 버리는 아주 무서운 결과를 초래하게
됩니다.


하지만 화를 다스리는 지혜가 과연 여기까지일까요?

제가 정말 화를 다스리는 큰 지혜를 얻기 원하는 분들을 위해 한 가지 더
보여드리겠습니다.

바로 자기 마음을 보는 것입니다.

만약 그렇게 되면
더는 내 안에 화가 들어오지도 않고
더는 내 안에 화가 쌓이지도 않고
더는 내가 화를 다스릴 필요도 없게 되고
더는 내가 화낼 필요도 없게 됩니다.
더 나아가 상대의 화까지 풀 수 있도록, 내가 도와줄 수도 있게 됩니다.
그러니 어찌 내 마음을 보지 않을 수 있겠습니까?

이제는 여러분도
이런 내용을 이해하셨다면
혹시라도 여러분을 아껴 주시는 주위 분 중에서나
또는, 여러분이 도움 받고 있는 어떤 글귀에서
여러분이 겪고 있는 화를 다스리기 위해서는 어떻게 해야 한다고 말해 주
는 내용을
가만히 살펴보시고
그것이 제가 보여드린 화를 다스리는 세 가지 지혜에서 어디에 속하는지
를 따져 보신 후
다시 그 방법이 나중에 어떤 결과를 초래하는지도 생각해 보시기 바랍니다.

그리고 이제
여러분의 화를 다스리기 위해 어떤 지혜를 사용하실 지는 여러분 몫입니다.

그리고 한 가지 더
혹시 지금 여러분의 마음에 이미 화가 쌓였다면
그것을 풀 수 있는 가장 좋은 방법도 바로 마음입니다.

그 마음이란,
그 화를 나에게 보냈던 그 사람에 대해 이해해 주는 마음과
그리고 그 사람의 언행에 대해 용서해 주는 마음입니다.
그리고 그 이해해 주는 마음과 용서해 주는 마음을 할 수 있게 해 주는
마음은
바로 그 사람에 대해 사랑하는 마음입니다.

또한 그 모든 마음의 출발은
바로 내 자신에 대해 사랑하는 마음입니다.
그 사람을 이해해 주지 않고, 용서해 주지 않고, 사랑해 주지 않으면
제 자신은 점점 병들어 가기 때문입니다.

그리고 이해와 용서
그리고 상대에 대한 사랑과
그리고 나 자신에 대한 사랑은
따로 떨어져 있는 것이 아니라
바로 하나라는 사실입니다.

그리고 그 하나
바로 그것이 진짜 내 마음입니다.

# 산해진미山海珍味의 최고봉

세 사람이 모여서
산해진미에 대한 이야기를 나눕니다.

먼저 한 사람이
자신이 그동안 경험하였던
산해진미에 대한 엄청난 자랑을 늘어놓습니다.

하지만 그 다음 사람은
먼저 말한 첫 번째 사람의 자랑을 비웃기라도 하듯
전국 방방곡곡의 내로라하는 대부분의 산해진미에 대해
자신의 훨씬 더 방대한 경험담을 늘어놓습니다.

하지만 마지막 사람은
전혀 말이 없습니다.
그저 그 두 사람의 이야기를 듣기만 하면서
진지한 자세로 미소만 띄워 보냅니다.

그래서 그 두 사람은
마지막 사람을 산해진미에 대해 전혀 모르는 문외한으로 취급합니다.

하지만 마지막 사람은
이미 훨씬 전에
그 두 사람이 경험했었던
그 모든 산해진미를 경험했었습니다.

그리고 그는 아무리 최고의 신선한 재료를 사용하여
아무리 최고의 실력자인 요리사가 요리한 음식을 먹는다고 해도
뭔가 항상 허전함이 남아 있는 것을 알게 되었습니다.

그리고 그는 이제 그 무엇보다도
어머니의 사랑으로 차려진 소박한 밥상에서
온 가족이 오순도순 정담을 나누며 즐기는 그 음식 맛이
산해진미의 최고봉이라는 사실을 깨닫고 있습니다.

그러니 그는 그 두 사람의 대화에
전혀 끼어들 수가 없었습니다.
아직 그 두 사람은 자신들이 오늘 아침에 먹고 나왔을
그 가족들과의 밥상이 산해진미의 최고봉이라는 사실을 전혀 믿지 않을
테니까요!

또한, 우리의 인생도 이와 비슷할 거라 생각됩니다.
한번 내 마음을 찾고 나면
그 다음부터는 세상을 마음으로 살게 되는데
아직도 머리로 세상을 살거나
아직도 자기가 세상의 최고인 양 자랑하거나
아직도 자기의 잘난 체를 하려고 하거나
다른 사람에 대한 사랑보다는 내 자신에 대한 방어가 우선이거나
자존심이 너무 강하여 마음이 닫힌 경우를 보면
그 사람에게는, 또는 그 상황에서는 아무 말을 할 수 없게 됩니다.
그저 아무 말 없이 그 사람의 말에 경청만 할 뿐입니다.
그리고 그 사람에 대해 마음으로 아파할 뿐입니다.

# 색인

| 순 | 제목 | 쪽 |
|---|---|---|
| 1 | 1차선의 느린 차들 | 119 |
| 2 | 가족의 중심 | 108 |
| 3 | 강인한 생명력이여! | 226 |
| 4 | 개미는 먹이를 한꺼번에 옮기지 않는다 | 196 |
| 5 | 개미와 베짱이의 주제 | 72 |
| 6 | 거울에 비친 나에게 하는 말 | 137 |
| 7 | 거울의 생명력 | 49 |
| 8 | 거지 같은 놈 | 44 |
| 9 | 개미와의 싸움도 네가 이긴 것이 아니다 | 149 |
| 10 | 결혼 전에 풀어라 | 150 |
| 11 | 겸손한 아이 | 238 |
| 12 | 고단한 삶과의 전투 | 110 |
| 13 | 고통을 즐겨라 | 240 |
| 14 | 고통의 굴레 | 256 |
| 15 | 관통貫通 | 266 |
| 16 | 그 사람과의 대화 | 45 |
| 17 | 그곳에서 그분이 말씀하신 한 가지 | 292 |
| 18 | 그냥 있는 그대로만 봐 주면 어떨까요? | 224 |
| 19 | 그들만의 황홀경 | 147 |
| 20 | 금강산 만물상萬物相 | 294 |
| 21 | 급박急迫한 나 자신에게 | 96 |
| 22 | 기적은 반드시 일어난다 | 83 |
| 23 | 꼬치 마차의 행복 | 32 |
| 24 | 꽃을 보고 무엇을 느끼는가? | 234 |
| 25 | 꾸밈없는 개그맨들 | 25 |
| 26 | 나를 버리고 나를 얻다 | 236 |
| 27 | 나무를 보지 말고 산을 보라 | 74 |
| 28 | 나뭇잎 동동 | 124 |

| 29 | 나에게 주어진 권한 | 274 |
|---|---|---|
| 30 | 나의 못남을 즐겨라 | 174 |
| 31 | 나의 유일한 유언 | 64 |
| 32 | 낙엽은 나를 위해 떨어지지 않는다 | 300 |
| 33 | 남루한 대표이사의 생활 | 136 |
| 34 | 내 곁을 그냥 스쳐 지나가신 그분들 | 89 |
| 35 | 내 뜻과 다르게 펼쳐지는 세상 | 126 |
| 36 | 내 뜻대로 안 되는 자식 | 192 |
| 37 | 내 마음의 청정수清淨水 | 69 |
| 38 | 내 얼굴만 내 얼굴이 아니다 | 201 |
| 39 | 내 자식의 부족함 | 188 |
| 40 | 내 팔 위의 모기 | 251 |
| 41 | 내가 가장 좋아하는 낱말 | 214 |
| 42 | 내가 기다리는 임 | 257 |
| 43 | 내가 해야 할 일 | 259 |
| 44 | 내사랑 | 51 |
| 45 | 너 자신을 알라 | 58 |
| 46 | 네 안에서 만들어지는 세상 | 90 |
| 47 | 네가 직접 걸어가라 | 260 |
| 48 | 노랫말 없는 클래식 | 129 |
| 49 | 누가 시킨 적이 있나요? | 213 |
| 50 | 누구나 다 젊음에 끌린다 | 164 |
| 51 | 늙음이 주는 교훈 | 176 |
| 52 | 능력과 욕심 그리고 인정 | 243 |
| 53 | 닫힌 마음 안쪽의 대바늘 | 282 |
| 54 | 담 넘기는 쉽되 도와주기는 어렵다 | 140 |
| 55 | 당신은 지금 무엇을 보며 살고 있나요? | 28 |
| 56 | 대머리 선생님 | 193 |
| 57 | 더는 바랄 게 없어 | 263 |
| 58 | 덧없는 인생 | 178 |
| 59 | 돈을 모으는 사람들의 행복 | 114 |
| 60 | 두려움을 만드는 세 가지 근원 | 138 |

| 61 | 두통약 | 230 |
|----|------|-----|
| 62 | 드라마만 재미있어요 | 54 |
| 63 | 등나무 운동장 | 27 |
| 64 | 똑똑! 깨어나세요 | 62 |
| 65 | 똥파리와의 전쟁 | 267 |
| 66 | 마을 정자亭子에 들러 | 261 |
| 67 | 만년설의 해빙 | 85 |
| 68 | 말이 없는 아이 | 215 |
| 69 | 멀리서 직접 찾아오신 귀인貴人 | 78 |
| 70 | 멍하니 뭐 해? | 23 |
| 71 | 명도名刀 | 246 |
| 72 | 무엇이 두렵겠는가? | 228 |
| 73 | 무조건 열심히 한 것이 최고 | 302 |
| 74 | 물 위를 떠가는 종이배 | 278 |
| 75 | 물건을 밀다가 걸리면 | 166 |
| 76 | 물은 그저 흐를 뿐이다 | 24 |
| 77 | 미안함은 사랑의 완성 | 284 |
| 78 | 미처 몰랐습니다 | 26 |
| 79 | 민심民心이 곧 천심天心 | 116 |
| 80 | 바보들의 웃음 | 212 |
| 81 | 발걸음 소리 | 46 |
| 82 | 백 명의 사람과 백 번의 웃음 | 270 |
| 83 | 백 사람의 이야기보따리 | 275 |
| 84 | 뱀 앞으로 기어가는 아기 | 253 |
| 85 | 벌서는 선생님 | 180 |
| 86 | 불혹不惑에 얼굴이 만들어지다 | 132 |
| 87 | 비상 급유給油 | 144 |
| 88 | 빈틈 | 298 |
| 89 | 빨리 서두르세요 | 305 |
| 90 | 뽀뽀가 줄어든 원인 | 34 |
| 91 | 뿌리는 하나 줄기는 두 개인 나무 | 80 |
| 92 | 사과와 용서 | 237 |

| 93 | 사랑은 따지지 않습니다 | 265 |
| 94 | 사랑의 씨앗 | 22 |
| 95 | 사랑하고 사랑하고 또 사랑하라 | 254 |
| 96 | 사랑한다면 끝까지 곁에 머물러 주세요 | 198 |
| 97 | 산을 오르듯 | 183 |
| 98 | 살 떨리는 이야기 | 288 |
| 99 | 살인사건의 원인 | 168 |
| 100 | 상대방은 당신의 참모습을 다 알고 있어요 | 120 |
| 101 | 새가 날다 | 244 |
| 102 | 새벽 2시의 울림 | 33 |
| 103 | 새벽 숲 속의 새소리 | 121 |
| 104 | 세상 모든 사람이 ‘갑’ | 295 |
| 105 | 손등의 작은 솜털 하나 | 123 |
| 106 | 손쉽게 되는 것은 없다 | 109 |
| 107 | 수많은 인생의 지침서 | 94 |
| 108 | 술 한 잔에 담긴 가치 | 75 |
| 109 | 쉽게 잊어버리고 사는 다짐들 | 66 |
| 110 | 쉿! | 216 |
| 111 | 슈바이처와 이태석 신부님 | 148 |
| 112 | 식물이 식물인 것은 | 55 |
| 113 | 신비한 눈의 구조 | 280 |
| 114 | 아들아, 잘 봐 둬라 | 101 |
| 115 | 아랫목 이불 속의 밥 한 그릇 | 247 |
| 116 | 아름다운 사람은 내가 아닌 너 | 88 |
| 117 | 아름다운 얼굴의 기준 | 122 |
| 118 | 아름답고 소중한 글과 말씀들 | 53 |
| 119 | 아빠 상대해 보는 자식 | 104 |
| 120 | 아빠 엉덩이 때리는 아들 | 40 |
| 121 | 아이들 말이 귀찮아요 | 158 |
| 122 | 아이들의 모든 것이 정답 | 202 |
| 123 | 아이들의 묵은 마음 | 205 |
| 124 | 앞차의 윙크 | 197 |

| 125 | 어느 날 갑자기 혼자가 되다 | 47 |
|---|---|---|
| 126 | 어머니의 뒷모습 | 50 |
| 127 | 어서 와서 받아가세요 | 153 |
| 128 | 어설픈 공부의 위험성 | 271 |
| 129 | 억울함마저도 내 탓이어야 하는 이유 | 30 |
| 130 | 언제쯤 맑은 눈을 가질 수 있을까요? | 223 |
| 131 | 엉킨 실타래 싹둑 | 258 |
| 132 | 엎드린 자의 소중함 | 107 |
| 133 | 열 배 오래 산 인생 | 115 |
| 134 | 영혼을 바친 예술가들 | 229 |
| 135 | 예의범절禮儀凡節 | 272 |
| 136 | 올레길과 둘레길 | 186 |
| 137 | 우물 안 개구리 | 130 |
| 138 | 웃기게 돌아가는 세상 | 128 |
| 139 | 웃음 만복래萬福來 | 106 |
| 140 | 웃음 묘약妙藥 | 61 |
| 141 | 월야月夜의 흥 | 35 |
| 142 | 위대한 예술가들 | 60 |
| 143 | 유쾌한 농담 | 296 |
| 144 | 이 손 놓지 말아요 | 77 |
| 145 | 이기적利己的과 이타적利他的 | 162 |
| 146 | 이기적利己的인 사랑 | 154 |
| 147 | 이런 사람 찾아보세요 | 204 |
| 148 | 이미 평온하고 행복한 사람들 | 70 |
| 149 | 인생길에 계속 피워지는 꽃 | 190 |
| 150 | 인생의 끄트머리에 가서야 | 42 |
| 151 | 인생의 질주 | 57 |
| 153 | 의사가 의사인 이유 | 276 |
| 154 | 자고로 이루었으면 버려야 한다 | 134 |
| 155 | 자연의 소리 | 264 |
| 156 | 잔잔한 호수 | 63 |
| 157 | 저 들판에 누워 | 210 |

| 158 | 정신 넋 빠진 놈 | 82 |
|---|---|---|
| 159 | 종교와 마음 | 291 |
| 160 | 종교인의 자세 | 56 |
| 161 | 주위의 인정이 바로 나 | 68 |
| 162 | 지행합일知行合一 | 160 |
| 163 | 진짜 바보 | 43 |
| 164 | 책과 자존심 | 227 |
| 165 | 천기누설天機漏泄 | 217 |
| 166 | 천연염색 | 100 |
| 167 | 천하의 소리꾼 | 142 |
| 168 | 철옹성 | 206 |
| 169 | 첩첩산중疊疊山中 | 306 |
| 170 | 쳇바퀴 도는 일상 | 184 |
| 171 | 초등학교 2학년 국어 교과서 | 194 |
| 172 | 침묵의 가르침 | 222 |
| 173 | 컴퓨터 팬(fan) 소리 | 172 |
| 174 | 코스모스 황홀경恍惚境 | 245 |
| 175 | 코스모스와의 눈 맞음 | 207 |
| 176 | 큰 지식 | 208 |
| 177 | 큰소리치는 대학교수 침 박사 | 218 |
| 178 | 태권도장의 자전거는 걱정 없어요 | 112 |
| 179 | 태초太初의 빛 | 84 |
| 180 | 통쾌한 웃음소리 | 146 |
| 181 | 펜(Pen)과의 약속 | 290 |
| 182 | 평온과 행복을 누리다 | 252 |
| 183 | 평온의 씨앗 | 220 |
| 184 | 푸는 데까지는 풀어야지 | 287 |
| 185 | 품 안에 끼우고 키운 자식 | 105 |
| 186 | 하루를 마치는 기도 | 286 |
| 187 | 하루를 여는 기도 | 76 |
| 188 | 하염없이 쏟아 낸 눈물 | 127 |
| 189 | 한 걸음을 떼도 | 170 |

| 190 | 한 조각구름이 되어 | 48 |
|---|---|---|
| 191 | 항상 젊게 살자 | 179 |
| 192 | 항상 허전한 우리 | 163 |
| 193 | 행복을 채워 주는 사랑의 힘 | 52 |
| 194 | 행복의 봉우리를 오르는 마차 | 92 |
| 195 | 행복의 크기 알아보기 | 98 |
| 196 | 행복의 호수로 가는 열차 | 113 |
| 197 | 허전함의 발악發惡 | 159 |
| 198 | 혹시 제 소리 들리시나요? | 304 |
| 199 | 화禍의 스펀지 | 118 |
| 200 | 황지黃池연못 | 102 |

### 내 마음의 종소리

우리의 닫힌 마음을 열어야 우리에게 평온이 온다.

우리의 마음을 닫히게 한 일등공신은 자존감(심)이다.

그러니 우리의 자존감과 자존심을 내려놓아야,

우리의 마음을 볼 수 있고, 그다음 평온도 찾아오고,

진정한 행복도 만끽할 수 있다.